厦大附中"校园写作·润泽生命"丛书

跳房子

陈炫齐 —— 著

海峡出版发行集团 | 海峡文艺出版社

图书在版编目(CIP)数据

跳房子/陈炫齐著. —福州:海峡文艺出版社,2021.5
(2021.9 重印)
ISBN 978-7-5550-2639-6

Ⅰ.①跳… Ⅱ.①陈… Ⅲ.①中国文学—当代文
学—作品综合集 Ⅳ.①I217.2

中国版本图书馆 CIP 数据核字(2021)第 089432 号

跳房子

陈炫齐　著

责任编辑	莫　茜	
出版发行	海峡文艺出版社	
经　　销	福建新华发行(集团)有限责任公司	
社　　址	福州市东水路 76 号 14 层	
发 行 部	0591－87536797	
印　　刷	福建东南彩色印刷有限公司	
厂　　址	福州市金山浦上工业区冠浦路 144 号	
开　　本	889 毫米×1194 毫米　1/32	
字　　数	140 千字	
印　　张	5.75	
版　　次	2021 年 5 月第 1 版	
印　　次	2021 年 9 月第 2 次印刷	
书　　号	ISBN 978-7-5550-2639-6	
定　　价	50.00 兀	

如发现印装质量问题,请寄承印厂调换

自　序

　　《跳房子》这本书，是我初中二年级至高中三年级的文章集合，以时间为组织顺序，分为散文辑"草味空气"、小说辑"边界的小失常"与谈不上说理性文章的"延长的念头"，三个部分。散文部分可概括为对生活的记录与描绘；小说部分可以称为对世界的观察与想象；第三部分呈现了对"思考"的初步探索。整合为文集，不代表我的写作告一段落或者有了什么成果。我尚不敢以"小作家"的身份自居，而是以"学生"，或更进一步，以"写作者"来看待自己。这本文集，是我怀着赤诚之心，迈出的第一个台阶。

　　关于为何写作的问题，许多作家都给出了回答。我没有冯骥才先生年轻时"要创造一个文学奇迹"的冲动，也没有汪曾祺先生"百无一用，乃成作家"的自由豁达。要谈文学创作，其实是情感的表达与想象的输出罢了。写作和大笑、跳舞一样，都是情感宣泄的方式。我的话多、脑子胡思乱想的事情多，表达欲因而强。若是遇见趣事，就写点散文记录分享；冒出什么幼稚的想象，就靠小说把它搭建起来。至于说理文，我实在薄弱。平时喜欢和朋友"高谈阔论"，写成严肃的文章虽行不通，但仍然乐此不疲。可以说，输出想法是我最大的驱动力，寻求快感是最主要的写作目的。通常来说，特定的表达对象似乎也是写作动力的一大来源。但我反思自己，没有特别渴望表达的对象。只是抓紧时间记录念头，以防它们从我的大脑中消逝。

除此之外，我乐于在阅读时总结作家们的写作。有时，格外喜爱的作家或作品，也会带给我将所总结的理论转化为现实的冲动。值得一提的是，中学生文学创作方兴未艾。尤其进入高中，主流仍然是考场议论文。考场议论文好像建一座房子，大家都选用最好的钢材作为框架，然后各显神通东拼西凑，把所见所学填充进去。它以建得安全为基准，建得舒适为理念，建得漂亮为追求。我像一个小泥匠，由于技不如人，小心翼翼地干着建房子的活，没有自由自在的感受。因此，我在课业之外，接触无任务驱动的文学，感到身在福中。

接下来呈现我五年来的写作历程。

此书中的记叙散文，以家乡、亲人朋友与一些见闻为主要内容。它们见证了我的写作入门与点滴进步。由于初二时几乎没有文学创作的知识，我全凭着语言习惯进行叙述。文章中出现过许多日常的句子，它们大多是生活中人们的对话。我在一旁听着或参与其中，觉得有趣，就偷偷用上。正因如此，我的文章似乎有了一些特点，生活化并且调皮。比如《酸菜坛子》中一句"很山的内山"，培旺老师读懂了且十分喜爱，觉得它有点野；但这些句子也算表意不明，隔壁班的同学问我"很山"算是个什么形容词，我回答不上来。

我就这么"胡来"地初步创作，竟幸运地得到了老师和一些同学的肯定。虽然我的文章十分稚嫩，但培旺老师给了我莫大的鼓励，他评价道："炫齐的文字有汪曾祺的幽默老练，有野夫的不由分说，但又有着属于自己的风格。"此时，我又运气逆天地得到了创新作文大赛的初中组特等奖。大家都说，"她就是那个挺会写乡土文章的女孩儿"。我一方面受性格影响，出现了打破大家看法的念头；另一方面，在附中的文学氛围熏陶下，逐渐接触了一些小说作品，希望从模仿做起，试着写点小说。

当时有了崇拜的作家毛姆和喜爱的作家加缪，我读着他们的小说啧啧称奇，一心想拥有毛姆的"冷峻"风格，想学会加缪的语言和李玉民先生的表达，绞尽脑汁。结果，我的试验品完全看不出与人家有半点相关。或者说，当时野心太大，总选取宏大的历史题材，而没有生活经验和知识储备加以支撑，导致这些试验品不伦不类。此书中的《望海潮》就可以归入此类。虽然它在其中算是较能"入目"，但仍然是幼稚极了。

即便如此，我还是热衷于尝试。高一时模仿索尔·贝娄《晃来晃去的人》一书，写了一篇叫作《洞察家》的小说，以日记的形式组织主人公透过墙洞偷窥邻居一家的故事。我向大家征求意见，几个同学都面露难色；培旺老师称它为不成功但值得鼓励的小说。后来我逞强把它投到了新概念作文大赛碰运气，不出大家所料，石沉大海，是半虚构的小说《思雨》让我"混入"决赛。总之，在师友的批评建议与失败的实践后，我认清了自己见识与能力均十分有限的事实，放弃大题材，放弃对风格的追求，回归散文。

然而这一阶段，随着年龄的增长，我的散文语言相较之前平淡了些许，似乎逐渐失去可贵的特色。我曾经为此烦恼：再也写不出"那样"的文章了，怎么办呀？现在看来，"那样"的文章固然可贵，但失去与变化的到来都应该坦然接受。不同阶段的文章，正因处在特定年龄阶段而显得珍贵。值得高兴的是，摆正心态后，散文再次成为于我而言最轻松快乐的写作形式。

对小说创作的狂热，春风吹又生。此书中大部分小说写于我"幡然醒悟"之后，即高一下学期至今。与上文提及的几篇小说相比，我缩小了选材范围，将微观个人作为小说的主体，进行新一轮想象与创作。比如《奉为圭臬》与《叛逆手记》，都是这期间的尝试结果。它们大多来自我的"捏人"式虚构，新闻人物、民间传说都成为人物原型。举例说，《叛逆手记》，灵感来自《VISTA看天下》关于产后抑郁的文章；《哀乐》的主人公，是我对一位年轻亲戚的加工改造而来的。这些小说依旧没有避免阅历和视野对我的限制，不过应该算是一次进步。同时，对语言要求极高的陈洋老师给了我正确使用标点符号和各类词语的指导，使我的一些错误终于得到改正。

至于说理性文章，从初中至高中，我一直尝试着写，但始终处于未入门的状态。这本书中有少量书评与考场议论文，与同龄人相比，并不出色。但我十分期待自己拥有评论说理的能力，因此持续努力着。

如果对自己做个分析，我认为我的优势在于语言运用能力与虚构能力。培旺老师评价我的语言"像刀剑插胸，竹竿入塘，硬碰硬，力顶力，不客气，不含糊，绝不多用一字，极其讨厌'的、了、着'等助词。但又极细腻，精微入骨髓，把情景、人心、尘世情绪表达得淋漓尽致"，着实是太高的评价。我希望自己的语言能力朝着这一描述发展进步。虚构能力更多地在于我由于对各种各样的"人"有着强烈的好奇心与同理心，怀着"所有一切均与我有关"的热情探索世界，因而热衷于挖掘、虚构各式人物形象及其故事。为了更好地构造人物，我常常幻想自己就是小说中的某个人，我以五花八门的身份看待这个世界。而生活阅历不够、写作视野尚嫌狭窄，则是我的劣势。

再谈谈出版此书的原因。在高三学年出版一本书，于学业、于自身文学成长而言，似乎都不是一个好的决定。在考虑出书与否时，我分析得出，出书最大的意义应是对我短暂写作经历的记录与保留。上面提到，由于年龄这个无法跨越的因素，我的创作实际上是"根据想象描绘这个世界"。这既可以说是遗憾，又可以称为宝贵之处。十几岁时的创作恰恰反映了十几岁时的我，包括我的生活、我的思考与我对文学的初步探索。如果依我最初的愿望，十几年、几十年后，待到我的阅历丰富了再创作而出书，固然能改善文章不切合实际的空想性，但彼时我对世界的纯粹想象也将不复存在。总而言之，文集作为思想与经历的载体，是记录与保留自己的好形式。

另一意义，我想，是一本学生文集对其他学生的借鉴意义。我有幸来到鼓励且重视文学创作的附中，并遇到引我入门、领我探索的恩师，因而有了这段经历与这些稚嫩作品，并出版成书。在中学生文学创作未成主流的当下，恰恰是我的学生身份与我的不足，能为我的同龄人提供借鉴与鼓励。如若我的文集有幸被同样热爱文学的同学翻阅，希望他/她感到"我也可以"或者"这样写不好，我引以为戒"后，也充满信心地开启文学创作的历程。

我的文章是生活的馈赠。出版这本书，我首先要感谢给予我生命与感知力的爸爸妈妈、我的家乡，以及给予我灵感的可爱的亲人朋友们与陌生人们。我的文学创作由培旺老师开启与悉心引导、循循善诱，由陈洋老师耐心指导而成。我十分感激两位恩师的教诲与鼓励。出版此书，邱云老师、邹佳老师，以及我的父母与同学们都费心费力，我尤其感谢大家的帮助、建议与批评。

最后解释一下我的书名。选用"跳房子"主要有两个原因：一来，跳房子是富有童趣的游戏，符合我以儿时生活为主要内容、以活泼调皮为语言特色的散文的特点；也符合我水平尚且稚嫩、处于探索阶段的小说的特点；更符合思维与技巧仍待成长的说理性文章的特点。二来，跳房子嘛，在粉笔涂鸦的房子框架跳进去跳出来——我希望自己面对写作以及生活中不可逃避的框架时，能以跳房子一般的游戏姿态，努力跳越。

目
Ccontens
录

1 草味空气

◆

草味空气

◆

此后不再养兔子

家住平和，多小山，多绿树，多青草。

外婆家在宝善村，鸡、鸭、鹅、兔子特多。

村子外边一个小山头，满是兔子草。村子里边，满是兔子。

小时候回外婆家，目的不外乎一个——找兔子玩！

外婆家有俩房子，红砖的住人，水泥糊的住兔子。藤笼子，那么大一个，小缝里，几十只小眼睛塞塞窣窣地往外瞟，门刚一打开，全挤成一团，屁股冲着我。尾巴真是短。

天知道兔子的牙是怎么长的，到了嘴边，什么都吃！一天到晚，那两颗大板牙就没停过。铁笼子怕生锈，就得编藤笼子。村里边养兔的人多，却没人卖笼子。你在这村待着就得会编嘛。这藤笼子，不是现在经常看见的鸡笼——那立马会被板牙粉碎，叫不出名字，只记得是很硬的、掰不弯的藤条编的。就算是这样，笼子也常常得换，稍有不慎，那些家伙就出走了。因此时常去捡藤条，因为力气小，只能请旁边的大人帮忙。每次我背篓子到山头，他们就笑："羊羊，你外婆又叫你来拿藤子啦?"说着就挑些细一点、轻一点的藤条，放在我的篓子里。我其实有情绪，他们总是给我又细又小的，不过这也就行了，外婆总能把它们变成笼子。

外婆养的是肉兔，毛长了要剪去卖，肉厚了就拜拜。毛我没少剪，现在还记得，用的是一把比厨房里的大得多的剪刀。那时候我不懂得"按部就班"，现在聊起，外婆总说我怎么教也不学，有自己一套剪毛路子。"你就踮脚，把笼子门拉开，手掏啊掏，碰到哪只就一把抓出来，按在桌上，抄起大剪子，揪起一撮毛，咔嚓剪掉了。"外婆在餐桌上不知道笑话过我多少遍，眉飞色舞，比手画脚。"我给兔子剪完毛啊，毛短短齐齐的，摸起来软软的，你剪完……哈哈，可怜那几只小兔，背上皮都露出来了，肚子跟长毛怪似的……"

无论如何，他们从来不责怪我。赵挺在《外婆》中说道："二十多年前我在不足二十平方米的外婆家小院里蹦跶，感觉世界美好，我早已走遍。"我不足二十岁，外婆家小院不止二十平方米，相同的感受是兔子带给我的。

院子里有一块小菜地，不种菜，只长草。我最喜欢左右手抱了两只小胖兔，在地里赛跑。那几年在小学运动会上拿过金牌，但却十分懊恼：从来没追上圆滚滚的兔子。八条裹着肉的小短腿撒丫子跑啊跑，两条磕磕绊绊的小短腿追啊追。院子门是不关上的，村里那些不知该如何称呼的大人，每每路过，就驻足观望，右手撑着锄头，左手扶门，哈哈哈地笑着。村里有个老爷爷，大家叫他老张头。老张头成天叼着个烟嘴，四处瞎溜达。见了我，又要骂："小破孩！兔子哪是你这样拿来玩的！不会教，不会教！"又忌惮门口的黑黑，摇头晃脑走了。我冲他吐舌头，趴在地上，抓一把青草，一点一点喂给俩馋鬼吃。

黑黑是舅舅养的一只土狗。每天早上，舅舅起大早给它做早餐。我那时候喜欢吃猪肝，看见黑黑碗里有猪肝，就垂涎三尺。但舅舅从来不给我们这些小孩子煮吃的，妈妈说，他养黑黑比养表姐表弟还上心。黑黑是很乖的看家犬，不打兔子的主意。正因如此，我偶尔还给它捎点吃的。

黑黑这个名字大概是表弟起的，我很嫌弃这名字，因为我自认为是个取名的好手。当年那几十号兔子，个个有名，跟我要好的说不准还有个外号。同一胎生的几只，我也能准确无误叫出名字来——现在没有那样的记性了。宝善村村民大多姓张，我姓陈，算是外来人口，举目无亲，心血来潮，编了个"陈家军"。记得有一只胖得流油、喜欢抢食的黑兔子，极像我表弟。恰好那几天我同表弟打架了，看到正拼命抢食的黑兔子，就从表弟名字里取了个字，叫它陈大乐吧。

我也好溜达，抱着一两只小弟，在村子串门。我最爱去开小卖部的婆婆家。临走前，她会给我几颗糖。她的记性也好，能记住几只小兔的名。不过我不偏心，带出来逛的不总是那几只，轮着来。过年走亲戚，她回忆起来，说有一次她终于认出了一只兔子，兴奋地问我认对了吗。我却告诉她，那是它的妹妹。

我最佩服的是对门那对兄弟，一个比我大一岁，一个比我小一岁。他们也认识我的小部队。他们家养鸡、养鸭、养鹅，唯独不养兔子。他们家门口有只大肥鹅，全身通白，每刻都在拼命伸长脖子。它的嘴又大又扁，我一和兄弟俩吵架，它就跑上来狠狠拧我一口。我一撞见它，就大声冲它喊一句，撒腿跑开。它准振翅高呼，一跺脚，追着我跑几步，愤愤地回去看家护院。

因为它是手下败将。

当初跟我最投缘的是一对龙凤胎，没记错话，一只叫陈齐，一只叫陈小齐。奇怪的是它们长得一点也不像，哥哥是灰的，妹妹是雪白的。它们曾合力大败肥鹅。

那天，我抱着陈齐和陈小齐到对门找两兄弟玩。院子门半掩着，我用手肘推开，钻进去了。不知从哪里冒出来那只大肥鹅，猛地一张口拽住我的裙角。那可是我的新裙子！我放下龙凤胎，和胖子拉拉扯扯。说时迟那时快，陈齐扑到胖鹅腿上，大板牙往死里咬胖鹅的蹼。小齐块头小，钻到胖鹅肚子底下，手嘴并用，又是扯又是撕，肥鹅的毛像柳絮一样狂飞。我看呆了，不知道什么时候，胖鹅就没了踪影。只是我的新裙子，多了个口子。兄妹俩窝在我的脚背上，轻轻蹭着我的腿，求表扬呢。

几天后，舅舅决定搬家了。自然，兔子也不养了。

同年生日，我收到一本《城南旧事》。妈妈在扉页上写下一句话：

"请不要为了那页已消逝的时光而惆怅，如果这就是成长，那么就让我们安之若素。"

从小生活在蜜罐里，就算在重男轻女的外婆家，外婆也最是疼我。外婆家客厅里挂着一支竹鞭子，除了我以外，所有的小孩子都曾被它打得皮开肉绽。

第二年，生日前几天，外婆问我："小不点，你想要什么礼物啊？"

"唔，一只兔子，可以吗？"

欢欢，一只短毛兔。比起老伙计们，她更漂亮。是我喜新厌旧吧，维尼不要了，Kitty 不要了，首宠欢欢。

欢欢很温柔，我不好和它称兄道弟，只得把它宠成小公主。欢欢也很黏人，冷不丁蹿到我腿上，明知道我怕痒，用软软的毛悄悄蹭啊蹭。你得摸摸它的头，拍拍它的背，它才善罢甘休。

上小学后，待在家里的时间变少了。一开门，欢欢嗖地扑上来，绕着我不停地跑。

周末是欢欢最开心的日子。我带着它，在小区的草坪上捉迷藏，躲到草丛里，躲到桂花树下。秋天若是到了，我用力摇桂花树干，桂花像下雨，落在我的头上、身上。欢欢在地上打滚，全身沾满了桂花。嗯，香香的。

小姑娘就是小姑娘，欢欢也爱闹小脾气。我常晚归，欢欢便得独守空房。时间久了，它发起了抗议。又是一次晚归，开门的刹那没有兔子扑上来。笼子门平时也不关，欢欢从不乱跑。掘地三尺没找着，另一个小姑娘扯着妈妈的裙角号啕大哭。

那时家里还摆着那台又矮又黄的老冰箱，没我高。"谁忘了关冰箱门？多费电！"妈妈上前去，结果从冰箱里放青菜的柜子上抱出了瑟瑟发抖的欢欢。刚擤了鼻涕的小姑娘抱住冻僵的欢欢，哇的又哭了。它短短的毛挂满了冰珠，胡须也结冰了，一抖一抖。

哭过就完了，和好如初了。

可一失足成千古恨，我怕欢欢饿坏了，慌忙喂它吃了没擦干水的大白菜。感冒加上拉肚子，很难受吧。小动物很脆弱，要用心爱它，像它爱你那样。我不是个合格的主人。第二天是元宵节，欢欢和在手中短暂停留的孔明灯一起飞向遥不可及的天际，离我而去。

每年元宵节，阳台上有一个女孩，摆好认真擦过的胡萝卜和大白菜，点三根香，时而俯首凝视楼下新剃的草坪，时而望着空无一物的天。

此后不再养兔子。

辣椒

食堂的辣椒不行，只有颜色，不爽，也不香。这直接造成了近三年我吃辣能力的直线下降。

从我们家人的体型也能看出，我的胃被养得很好，嘴被伺候得很刁，口味很典型，好香、好辣、好甜。

最能吃辣的绝对是大姑丈，这也是他从茂密黑发演变为老干部标准"地中海"的原因。大姑丈是一个很精致的人，鞋比衣服多，香水比鞋多。据说年轻时的大姑丈每套衣服都得搭配好，不能混；对食具的要求也吹毛求疵，对辣更是苛刻。

虽然嗜辣成性，但并非有辣即可，大姑丈从色泽、香味，以及不知什么路子，可以分辨出各地各品种的辣椒。这也许与他爱花有关。不过大姑丈的食好一向独特，像大杂烩：馒头夹红椒、油条蘸辣油，都是吾等小辈不敢恭维的。他也不求我们顺他吃，所以有那一句"我做饭做得满头大汗，你们喷我喷得满嘴沫子"。

我很喜欢和大姑丈一起做菜，反正做完我也不必消受。大姑丈的厨房里有好几条蓝的粉的围裙，一墙的瓶瓶罐罐，堆上架子的瓜果蔬菜，以及一口大冰箱。大姑丈的砧板是块木桩，他很为此得意，说什么木头能去腥。能买到的砧板，他都瞧不上。我的一大乐事就是，等大姑丈洗完菜，把各色摆放在砧板上，两手挥刀，剁个漫天缤纷。大姑丈是我见识过的唯一一个这么剁辣椒的人。毕竟飞溅的辣椒末，除了脸皮厚的我，只有他能不泪流满面。

大姑丈做辣酱辣油正港。他总有一群奇妙的朋友能送来千奇百怪的玩意儿。有个我小时候常见到的伯伯，他也喜欢捣鼓辣椒，时不时给大姑丈寄来小包辣椒。大姑丈总用小甜头派遣我去取。这些辣椒每回都不同，名字也不附上，交到姑丈手里，短的十几分钟，长的几个月，通通成了辣酱。大姑丈的辣酱也讲究，吃什么菜得蘸什么酱，量多少，都有个标准。不过标准从来只有他自己定自己守，我们无辣不欢的食货，胡来便好。

我们家五户都种辣椒。叔叔每周末才放假回家，椒子长得自然不饱。小姑家有小院，辣椒生得又野又大。二姑家阳台向阳，辣椒结不少，红亮鲜香。可惜鸟也好辣，往往不及收获，就只留蒂头了。辣椒是唯一我种得胜过大姑丈的植物，因为大姑丈爱花胜过爱辣椒。家里的辣椒也不见得是我打理，而是我爸照料。

大姑的阳台几乎没处挂衣服，全是大姑丈的花。这是大姑抱怨，而我俩乐呵的事。我家的花没有大姑丈家多，养得更不及他好。那棵令我骄傲的米椒，一开始我觉得不好看，不想养。在我苦心爱护不长芽的绣球时，米椒长势惊人，不到半年开花结果，椒实红辣辣挂满没有明显长高的植株。我兴冲冲跑到厨房报喜，发现爸爸的案板上已经码了数枚。从此家里不再从市场买米椒。洗完菜，到阳台折两颗，荡荡水，刀背一敲，抛锅里沸油爆。

本不养花的爸爸开始研究如何施肥、剪枝，三天两头翻土。听说烟灰香灰是最好的肥料，家里香炉的灰通通被送进花盆。

对爱捣鼓吃食的老爸来说，辣椒一类十分称心。甜椒三色，用作添色；青椒辛凉，牛肉最搭。挑食的我拒绝什么，他就将什么榨成汁，和在面团里，拉成面、甩成面猴、包成韭菜盒子，几色斑斓，我定一碗接一碗。

假如我有一个花园

我所触到、听到、感受到的，一切都是甜的。

别人家大花园，精雕的或简约的栅栏，圈圈圆圆一园甜蜜；白色的，亦有金色的看家犬，咬咬扯扯一抱香气。过路的，登门的，远远儿望进去，他们说："看，真是漂亮的好花园。"

我呢，住在城市最高处，人们自四方指过来："那有个小土坡。"我向他们扮鬼脸，吹去晶亮的蒲公英，送去白色、蓝色的纸船。人们赞叹："看，那座可爱的小山一定是个好去处！"

不问你打哪儿来，到这里来，不必跨遍山河大海，走过小木板桥，算是我的贵宾。

花园是一个不正的圆。我在圆周浇些蜜水，有了小流，它叮叮咚咚，跌跌撞撞。这免去了栅栏和翻栅栏的人。我在水中放对大鱼，有了三五苗儿鱼。我喂鱼苗儿碎饼干，有了第一群——土地的守护者。我卸下门板，将它横过小流，让大雨冲刷干净。我们可以跑过来，走过去。

游来一头肥鹅，抱来安在桥头。放心好了，它不摇尾巴，不嘤嘤吠。记得捧起你的褶裙，撕个口子我可要笑。

听说红树林长在海边。"爱上一匹野马，可我的家里没有草原"——我没有海。拾来几支什么树枝，顺流插一圈。第二年春天，我迎来了第一片树林。杏子李子，你摘下来，擦擦，吃吧。如果来看我，多揣一颗好了。杏味儿钻到肚子里，我会去接你。

春给我一把花籽，她说你撒吧。我的花园本就是小山嘛，浪似的坡幅。花长高了，躲猫猫一定找不到我。

山下的菜花谢了，它还是不发芽。夏来了，她说你流点儿汗吧。抽了芽，我夜夜梦它，却也不开花。秋说，你等等。冬说，你等等。春放了鸽子，花，是一夜爆开的。

每朵花都有自己的气味，凑近了，酸、甜、苦、辣。最大那朵花，生得丑陋，连味道也不讨人喜欢。这千万花相融，只剩浓郁的甜味儿了。

我终日与花为伴，卧在一簇间，俯在三朵边。想打个滚，不，可别压坏啦。花环嵌入发丝。远方飞来两只鸟，巢于发中。我锯下床板，钉作它们的木屋。也用花环镶了边。

它们欢唱不休，一只唱"咕咕"，另一只和"喳喳"。它们衔来种子，种子钻出一叶子。往后每天，它便多抽一枝，多生一叶。小鸟飞走了，留下一棵大榕树。

人们躲在树后头，藏在树叶里，我全没找到。他们在树上唱，一人唱"咕咕"，另一人唱"喳喳"，扇扇双手，随鸟儿飞远了。

我又卸下一床板，挂在树须上。风推着秋千，我拉起白云的手。奶奶扯一块白云织新衣裳，妈妈做棉花糖。我们坐在秋千上，唱起童谣。

人们自四方来，说着："这座小花园，真是好花园！"

我所触到、听到、感受到的，一切都是甜的。

如果！我有一个花园。

给藤野先生的一封信

先生：

　　您可一切安好？

　　阔别二十余年，竟不曾给先生寄一张照片、一封信，实是每每提笔，倍觉愧怍不安，便又撂笔封纸。望先生休怪才好。

　　先生近来身体可无恙？大概还是那么清瘦罢？每日仍沉于学术罢？先生研究医学，定也清楚，勿太过劳累为好。

　　后来遇到更多的景，更多的人，或友善，或冷漠；又读到更多的书，或精辟，或枯涩，其时念及先生，心间宽慰又陡生伤感。

　　先生赠我的照片，我从不曾尘封，挂在书桌对面东墙上。每值疲倦，抬头，登时有了决心与勇气。先生的教诲，现今虽无所涉及，却仍铭记于心。先生批的讲义，我一直珍藏，难堪的是，竟冒失遗失。来日若有良机，必亲向先生请罪，再一同研讨。想来，乐趣无穷，回忆亦是无穷。

　　学生现已从文，终日与笔杆打交道，双手似与手术刀再无缘了。学生无可堪挂齿的大为，而先生教的做人做事之道理，每碰壁，将我轻轻一击，使我顿悟。

　　望先生身体康健，一切安好。有缘再见。

学生周树人　敬上

慧丫头

打水的时候碰到同学，互相打招呼。突然想到我曾经的一位同桌，一个快活的女孩子。她爱说"里猴!"，她会在我说"Hello"的时候笑我秀英语。

我边喝水边想着边笑，很可惜伸手打不到她的瘦小肩膀了，更可惜我只记得她那张随时准备嘲笑我的贱兮兮小脸蛋，想不起她的名字了。也许名字里有个慧字，秀外慧中的慧。

这个慧丫头在三年级重新组班后，成为我的后桌。低年级的我，上课时间一丝不苟，小身板坐得端端正正。自从慧丫头问我"班长，你那么认真不累吗"之后，我开始傻乎乎地传纸条、折飞机，此地无银三百两地把课本举在脸前，和周围话伴儿聊天。当升上五年级的我发现自己蠢得妄想一叶障目时，开始大大方方捧着从谁那里要的瓜子，或者在校门口买的一包薯片，边翘着椅子分享给同桌后桌斜前桌，边在方圆一米五以内玩笑谈天。

现在想想，当初被老师"请喝茶"每次都与慧丫头有关嘛，但老师从没产生过把我俩分开的"歹念"。

慧丫头老喊我"班长"，闽南语喊着像"班丢"，并且最后一个音一定故意拖得很长。她不是县城本地人，大概来自山格之类的乡镇。和其他住在托管班的同学一样，慧丫头家里忙着蜜柚生意。虽然平和人家里最不缺蜜柚，每年慧丫头爸爸上县城谈生意顺道看望她，总要留给她几蛇皮袋的柚子带到班上。也许"猪崽子过槽香"，我们一致认为她家的柚子最好吃。即使我们把柚子肉踩得满地汁，老师们也不因此生气。毕竟比起辣条味儿，一屋柚子香叫人愉悦得多。

丫头完全符合乡下小女孩应有的形象，比我还黑的皮肤，比皮肤更黑得多的马尾和乌眼珠，瘦削的下颌，细长如甘蔗的胳膊和腿。

不知道从什么时候起，我觉得彩色一点不酷了，全身黑白才是正道。于是，我与从头绳到凉鞋五颜六色的慧丫头互相嫌弃。她甚至像我妈一样软硬兼施地教育我："女孩子穿这个粉色、那个紫色才好看！"时至今日，我终于感叹，我该谢谢这两位拯救了我的审美的伟大女性。

当时，其他女孩儿因为大家眼中慧丫头色彩斑斓的"俗气"，不愿邀她跳皮筋、翻花绳，尽管这些游戏她最是拿手。她却也不在意，不厌其烦地教给大家她的新玩法。

四年里的小事实在太多。当我被体育老师留在操场训练，而我的朋友们为了躲避太阳全跑进冷饮店时，只有慧丫头边嘲讽我，边陪我训练到六点整钟响。

遇见慧丫头之后，我才知道，原来当小学生也不必每天听妈妈的话，乖乖学习。

其实我早就想起丫头的名字，不写出来，我会记得多久呢？

烧肉粽

最是暖人心窝的，莫过于正舟车劳顿，看见母亲的面容和两颗热气蒸腾的烧肉粽。

粽子是端午节人人要吃的，烧肉粽是小镇里茶余饭后或是正餐时间随处可见的。几片粽叶，一抔糯米，刚刚炒好的四五种馅料，在摇曳升腾的热气里蒸成了肉粽。

我小的时候更喜欢甜粽子，小小的，晶莹剔透。煮完放进冰箱冰一冰，再打开，粽子就会蒙上一层薄薄的冰霜。插上一根筷子，蘸上外公家的冬蜜，在嘴里呷吧呷吧，是最令我享受的事。

后来就喜欢上烧肉粽了。烧肉粽贵在一个"烧"字，"烧"在闽南语里意为烫，即非烫不可吃。肚子一饿，我就喊："妈，蒸粽子来吃吧！"妈妈总是边嘟囔边系围裙，招呼我搭把手。

包粽子得提前一天准备。妈妈每次都会多包些粽子放在冰箱里，想吃就蒸。粽子看起来虽简单，工序可不少。新鲜的粽叶清洗干净，浸泡过夜，第二天用开水淋烫。放凉后，再用干净的软布擦干。虽说煮一下更省事，但那股清香就会薄了。叶子上的硬蒂会扎破叶片，妈妈总一片片剪净。糯米也需经过一夜浸泡，泡至手捻即碎。如果是细细的长糯米，不泡也可以直接使用，但是不如圆米那么香甜。

五花肉洗净，切成小块；牡蛎干、虾仁、陈年萝卜干切条；我不爱吃香菇和红葱，妈妈会剁成碎丁，入口有香，舌头却感觉不到它们的存在。麻油和猪油用中火加热至沸腾冒泡，倒入食材，放入桂皮、八角、小茴、翻炒。八成熟时淋上老抽和酱油，拌匀，装盘。

　　人们的奇思妙想赋予粽子千奇百怪的形状，烧肉粽是最淳朴的四角粽子。取两张粽子叶，重叠，卷成圆锥状。沥干的糯米拌盐，用勺子送进粽叶，填满大约三分之一，根据喜好适量放入肉馅，糯米盖上，压实。翻折粽叶，用蔺草捆紧。几个肉粽系在同一把蔺草上，放进压力锅，注水没过粽子。大火烧开后，转小火继续煲煮一小时，熄火，焖至阀门不再吐气。

　　酱料晕染了米粒饱满的金黄，筷子挑开包裹着馅的糯米，香气扑面而来。"这种古老的主食，呈现出另一种时代风貌，但手工制作的魅力，依然包在其中。手的温度，呵护着传统食物的生命力。对中国人来说，顺应自然，亲手做合适的食物，更意味着对传统生活方式的某种延续。"

　　"烧肉粽——卖烧肉粽——"卖烧肉粽的老伯踏着自行车穿行在小镇的街头巷尾，吆喝声从镇这头，传到镇那头……

不如动手

我，生性爱玩，爱一切新奇、有趣、可爱的事物。比如微景观。

微景观在近些年里大受欢迎。因其小巧可爱，富有童趣，办公室、客厅、卧室，随处可以摆。

什么是微景观呢？百度一下。

"微景观是将苔藓、多肉等植物，加上各种玻璃、沙石、可爱的卡通人物、动物，装进一个透明容器里，构成妙趣横生的场景。"

微博、贴吧、脸书上，晒微景观的一抓一大把。这就让我心里痒痒了，特别是在看到宫崎骏动漫主题的微景观以后，"舔屏"已久的我决定入手。

作为一个"吃土"少女，我开始在平和的各种花店打探。结果是，已经伸进钱包的手一次都没有再掏出来。

不如我自己动手！

我掘地三尺，偷了妈妈的花盆托，爸爸准备种茶花的黑土，我新买的两株多肉，姑父的一株小兰草，以及同为微景观鱼缸里的一大把石子、一个自转水车、一个假山。

一番努力收齐材料，我愉快地开始了"宏图大业"。

兰花花盆的紫砂托用来布景最合适不过了！我抓起黑土填满四边，中间留了一个"陨石坑"作水塘。暑假到河边捡的鹅卵石作远景的假山，嗯，不错。旁边再插两株多肉，撒些石子，埋上一个海螺。

没点人物不行呀！我又把邪恶的小手伸向了上周做的龙猫。怕它觉得自己一个人不喜欢，我又捏了一个小梅陪它。

水塘其实也是一个花盆底托，只不过比较小。虽说整个微景观已经差不多了，把它放下去也就完整了，但一个白色水塘还是让我觉得奇怪。

如果可以用石子做个水塘岂不完美？可惜材料不足。没有石子可以画呀！一拍大腿，我冲进书房，翻出尘封数月的丙烯和排笔，准备一展已经不堪入目的画技。

荒画多年，我重复了无数次的画完扔掉、重画再扔，终于在崩溃边缘把水塘画成了。

静待颜料变干。我用水塘盛了点水，嵌进预留的坑里，终于大功告成。

之后就出现一个少女在满地颜料满地土的阳台，捧着一盆奇异物体嘿嘿傻笑的场面……

宝丰

老家并不永远是美好回忆的载体，还有户里门外，新鲜的鸡鸭排泄物。

我的老家宝丰，和很多人每逢过年才回的乡下小溪镇一样，水泥路近年新修，路边老新房子混搭。几乎每家每户都养鸡鸭，甚至一只大鹅。

宝丰的温泉有名。外人到宝丰来无外乎两件事——拜年，或者泡温泉。这儿管泡温泉叫"洗汤"。温泉据说富含硫黄，对皮肤好。宝丰人天天在公共澡堂洗汤，但由于务农，皮肤仍然干糙棕黑。公共澡堂的阵势，着实叫人望而却步。路上总能遇到驮在摩托上的亲戚，热情邀请我们上大澡堂泡温泉。我往往婉言谢绝，拎包钻进独间。

老家其实是爷爷的老家。他在县城工作定居，偶尔回到宝丰。所以我们回宝丰并不久留，走几家较熟络的，就打道回府。

这其中主要是一个堂叔，两个伯伯。他们都是八婆的孩子。八婆是爸爸的婶婶，一共正好十个孩子，十全十美。七个姑姑都没远嫁，在县里不同镇子罢了。由于八婆起名的小癖好，我始终记不住山格药铺的表姑是叫兰花还是花枝或枝花，又或枝华。

八婆自己住。房子不透风，窗不进光。一二楼木梯连接，楼梯下边竟然是一台黑白电视。厨房有口水井。小时候在书上看到"井"，唯一的联想即这口爬青苔、凉冰冰的井。每一次，我都提不上打水的桶，也不知平时八婆有没有人搭把手。八婆有着典型的闽南独居老人特征：不爱喝茶；爱抽烟，爱听芗剧，爱牵着我们的手聊天。

表叔阿辉与我们最常来往。他做蔬菜生意，勤奋肯干，是宝丰最早盖起四层小洋房的一批人之一。他的一个儿子，外出打工；两个女儿，很早出嫁生娃。

大伯阿勇开杂货店，是那一圈儿生意最好的一家。一楼开店，二楼吃喝住。进门阴暗深长，货架拥挤在两边，长辫子一甩，后面的小零食就会滚下来。难以想象的是，大伯母在这样的小店里养了一群每年都一样小的白鸭。印象最深的是伯母盛情招待的"王老先生"和一台脱漆电子秤。我见过扎成捆的纸箱、刚搬下车的水果在这样的秤上。店里大伯用暗得看不清的脸向我说，上去试试过年长肉了没。那台秤总让我浮想联翩。这算是我童年时期最抗拒的一件事情。

二伯勇子，住在八婆的土房子里。宝丰常年涝灾，因此老式房子都用石砖建，不打灰，不刷漆。这样的房子才不怕水浸，水涨到一楼，宝丰人就搬上二楼。

八婆的房子和二伯住着的隔一小段巷子。准确地说，就是墙夹墙。这墙和墙最亮的色彩，是思羽表妹豪放挥笔泼墨的"请不要乱写乱画"。

二伯有一儿一女，三任妻子。儿子是第一任老婆的，可怜小时候发烧过头，小儿麻痹，手脚蜷缩。每次见到他，都是在他家门口的村校操场上。那里有男孩子跑步打球，有长着奇怪大豆子的树。他总是静静坐着，偶尔为进球喝彩。似乎除了身体不便，他与我们并无二样。见了我们，他就冲我们招手："叔、婶，带妹妹回来了啊？"

荒唐极了。二伯的第一任妻子在这位表哥生病后去世了，第二任妻子喝农药，也去世了。表妹思羽是第二任妻子的女儿，比我小了不到一岁，但我总觉得她"小小的"。小学几年，她一墙的奖状是二伯家中亮眼的装饰物。而今她在三中读书，听说学习直退步，跟不上初中的节奏。所有一切因为二伯的赌。二伯赌得倾家荡产，妻离，幸好子没散。今年回宝丰，二伯说他骑电动车摔断了几根肋骨。我惊愕地听他们谈及此事，仿佛断的是头发，而不是肋骨。伯母骂他舍不得治，二伯笑她，说自己身体自己清楚。

大伯家重建，看起来还算宽敞。邻人告知我们他不在家，在赌场。妈妈拉着我绕开鸡鸭排泄物走。他呀，人家叫他赌神呢。

那二伯呢？爸爸说，大家都叫他赌猪。

飞蝇小记

这是升初三后难得清闲的晚上。头顶的风扇，周围的翻书声、咳嗽声，都浮躁。窗口两只土色小蝇子飞过来。

我又陷入了纠结，故作高冷没看见，倘若它们缠着不走呢；掀书砸过去，万一回头召集亲朋好友前来复仇……划不来啊。

附中的虫儿是很多的，像风多雨多树多一样。尤其在闷热的夏天，本就心烦心痒痒，蝇子们还在眼前身上混眼熟，自然一巴掌扇过去，一点也想不起可爱的《虫儿飞》是如何唱了。

自以为来附中之后耐性提升了不少，不如以前心急脾气暴，蝇子再飞死翘翘。任它飞啊飞啊它的骄傲放纵，我不为所动。仿佛它只要发现我不理它，就会觉得自找没趣走开。然而缺心眼的还是死缠烂打，非要我来一口仙气送它上天才肯罢休。

蝇子中最不讨喜的数外婆家的果蝇。每年门口芒果挂树，众人取竹竿打下几麻袋，围坐泡茶啃芒果。一晚上吃不完。第二日解开麻绳，果蝇声势浩荡，不请自来了。若是扛一麻袋回家，忘了吃，更是糟糕。蝇子们不知从哪里生出来，一麻袋芒果权当孝敬它们了。

不得不提初二住了一年的四号楼宿舍。自某日隔壁发现几个白蚁窝起，一排下去四间宿舍不得安生。吾等涉世未深，以为这群白蚁只是打个照面当邻居。真是不谙世事。在短短一周里，白蚁如瘟疫，发狂蔓延繁殖。当两三包白蚁药堵不住厕所木门上的疮孔时，大事已不妙。那个愉快的晚自习下课之后，我们冒着长不高的风险打着伞，头顶垃圾袋，互相搀扶着目睹了满屋飞白蚁的壮观场面。无床可睡，无家可归。同归于尽才是正道。在隔壁蹭了一夜床后，同宿舍三人得意、心酸、震惊交加地扫完了满满三簸箕白蚁尸体。如今学校宁可让学妹们迁到五号楼，也不愿让这群山大王危害黎民了。四间宿舍，于是成了危房。那之后，我才总算解开小时候没见识过白蚁，却看见满大街白蚁药广告的疑惑。

相比这等无名小虫，二号报告厅的蚊子真叫我恼火。报告厅也非什么深山老林鲜有人迹，但蚊子却从没吃饱，饿着肚皮守在阴暗的小角落。开学初的几次面试，不出五分钟，隔着肥大校服的大腿小腿、大臂小臂尽是包。难为我像小丑，右手奋笔疾书，左手探到桌底下死命地挠，俯下身子，嘴里还得细声问前桌："有风油精没有？"玄乎的是，放眼望去只有我搔首弄足，不知其他诸位是"习惯就好"的淡定，还是我受了独宠。

我爸说我从小就非常怕蚊子，总拿我小时候的糗事笑话我。说睡到太阳晒屁股还不起床，没饭吃的威逼、冰激凌的利诱全不奏效，只要装模作样拍拍手，大喊一声"啊呀，好大一只蚊子！"，床上那人绝对挺身坐起，"哪里！哪里？"

之前喜欢一家人招呼到一起，夏夜里在花溪河畔杂草丛生的摊子撸串，那种大人吓唬我们说榨果汁的水从河里来的摊子。一人来十串烤羊肉，要大辣，搭配芒果汁，爽哉。不过动身离席，蹚过草丛，才发现两腿奇痒难忍，已遭蚊群攻击。

至今仍是笑料的云水谣之行，让我创下一个蚊子包纪录。和学姐到云水谣玩，本来划船划得高兴，结果俩人都被蚊子咬得只想上岸涂风油精。腿上的包几天都不消，后来用土方，在每个包上敷一片泡开的茶叶。光敷一条腿，就用了将近半壶茶叶。悔恨交加，狠狠数了一遍，左腿三十一个包，右腿三十四个，一共正好六十五个蚊子包！后来听妈妈说，同船的学姐比我少点，也就六十一个。

今晚坐在窗边，听见嗡嗡，不见其蝇。看来大事不妙。

阿兰妈妈

爷爷奶奶过世早，每次听人家讲起，我就越想越委屈，向妈妈哭诉不平。妈妈总说，你有那么多姑姑，那么多妈妈，其他小朋友没有呢！

数来，我确有三个妈：亲妈、干妈、阿兰妈妈。

大概一岁半，妈妈拉起我的手，交到阿兰妈妈手中。熟人介绍说，"阿兰是个好保姆"。

因为家中没有老人，爸爸妈妈又得上班，我开始了两点一线的生活。不是把阿兰妈妈请到家里，而是把我送到她家去，每天晚上接回家。

阿兰妈妈住在一栋老式套房里，一条曾经繁华的老路上。一楼停车，一排单车列着，整却不洁，被扬尘厚厚盖住，不见天日，黯淡无光。

车库隔壁开面店，门口摆了一个曾比我高的铁皮垃圾桶，桶边拴着一条大狼狗。那狗不知胖瘦高矮，也不知道什么颜色。这些琐碎事，是阿兰妈妈前些年告诉我的。

我非常怕狗，恰恰这条大狼狗特别喜欢小孩，见了我就扯着绳子扑过来。虽是好意，我受不起，只号啕大哭作回礼。之前阿兰妈妈和面店老板交情甚好，为了我这小破孩，街坊都称厚道的阿兰妈妈几次与老板起争执。这我自然不知晓——阿兰妈妈是那么温柔。那会儿，我该在楼上玩吧。反正，那大狼狗后来就不见了。

上回去探望阿兰妈妈，面店老板竟认出我来，惊呼出声，亲自捞了碗面请我吃。他说："阿兰是真会带孩子，一共带了仨，一个是她儿子，一个是你，再一个就是她小孙女了。看她大儿子，大学不错吧？单位不错吧？还特孝顺！你啊，也灵气十足的！"

阿兰妈妈竟有孙女了！我也惊呼出声。妈妈说："没什么不对呀，阿兰妈妈都半百啦——"

大人好像都叫阿兰妈妈"阿兰"，但我们家都随我叫"阿兰妈妈"。我一共有过三个阿姨，第一个是阿兰妈妈，另外两个，一个叫什么凤阿姨，另一个真是一点儿也记不清了。说来也怪，年龄越小记忆越牢；大了，反而什么也不记得了。

匆匆准备了红包，上楼。

楼道怎么这么窄，记忆中我张开双手，明明够不到呀；扶梯怎么这么矮，曾经踮脚也碰不到啊。铁门怎么这么旧——开了。

发簪与时不俱进，鬓角两个小夹子。阿兰妈妈！

脚想迈进门，霎时触了电抽回来。哈，果然没变，屋里还是干净利落。白瓷砖上没有糖掉在地上留下的痕迹，也没有成堆的玩具——阿兰妈妈明令禁止，教我自己擦干净弄脏的地板，收好倒出来的玩具。

"要换鞋噢！"阿兰妈妈打开鞋柜。顶层的角落摆着一双粉色、没有我手掌大的小皮鞋。

"还记得吗？这是你第一次到妈妈家来，送给我的。太可爱了！上次收拾屋子，把它洗了洗，摆这儿来了，留个念想。"

鞋柜上一口大摆钟。钟慵懒而忠诚，唱着陈年老调。嘀，嗒！嘀，嗒！一下不多一下不少。是阿兰妈妈蹲在我身边，指着大摆钟，教我什么是时间吧。

摆钟旁的小箱子，满是玩具吗？阿兰妈妈的小孙女，像我一样吃力地认真地踮起脚，一件一件把玩具送进箱子里吗？

屏风后面是厨房吧。那曾经偷偷溜进厨房找东西吃的小家伙这么高了，老冰箱还在吗？

水池里还有一只大乌龟吗？你受伤的壳长好了吗？瘦瘦的四条腿长肉了吗？你还喜欢和我一起爬到阳台上晒肚皮吗？

阳台上杨桃树长高了吗？播下的蜜柚籽开花了吗？仙人掌一样的火龙果真的结果了吗？好高好高的紫薇花，现在还比我高吗？

……

阿兰妈妈用食指勾起我的手，像小侄子只拉我的一根手指头那样。我坐在她身边，不安分地四处乱探，乖乖看着她烫茶杯、滤茶水，笑嘻嘻地听她讲起我的种种糗事。

"奶奶——"一声稚嫩，划过我走向过去的独木桥。

"你阿龙爸爸回来了！"阿兰妈妈起身开门，捧起小女孩的脸蛋，用力一吻。

阿兰妈妈的丈夫，我管他叫阿龙爸爸，牵着小孙女。我下意识喊出声："阿龙爸爸——"目光与小女孩交织错乱，一时我竟不知，该叫她妹妹吗？

"豆豆，快叫小姑姑！"恍惚间，小妹妹甜甜唤了我一声："姑姑——"大人们的笑颜间，我唯唯诺诺，应："啊。"

……

临走，阿兰妈妈紧攥我的手，老茧在手心摩挲。阿兰妈妈泪水又盈眶，门闩久久不上。

"齐，在外面要是受了委屈，回家跟阿兰妈妈讲，妈妈替你出气！"

"齐，这里永远是你的家啊。"

"嗯——"

艾蒿絮言

今日清明，祭祖踏青。祭品其一，照例为艾粿。

祭祖从父，随姑、叔这边，不须回外婆家扫墓的，而家里的艾粿年年是外婆做的。一出鼎，外公来电，招呼我们喊上大姑小叔，趁热吃粿。巴掌大的粿，一人吃上四五个不在话下。

艾粿实是艾糍。外头街上卖的，软糯黏稠，颇似糍粑。外婆做粿，专到村里有大灶的人家。劈柴生火，艾草香便从蒲葵扇轻摇之间，自鼎里冒出来。外婆的艾粿，放凉不硬，热蒸不粘叶，弹牙有劲不失糯米感。艾味里头，恰有外婆的味道。

艾草生于路旁荒野草地，向阳而水丰之处尤多。家乡却不常见。今年的艾，是一位亲故涉遍几乡采来的。

家乡用清明艾与糯米制粿，北方据说有清明团子。人们还用艾叶做茶、粥、汤。广东东江流域盛产艾草，春冬时分，当地人采鲜艾，作蔬食用。

旧俗清明插柳，端午插艾。每至端午，家中悬菖蒲与艾叶于门楣，也见有人家将艾悬于堂中。古人门前插艾草，一来辟邪，二来驱虫。艾以叶片宽大肥厚、被毛密长、淡青或灰白者为佳。

书载艾有异香，枝叶熏烟驱蚊蝇，清瘴气，毒杀毒。记姑姑则言，蕲艾为艾中王者。后查阅医书，见《名医别录》载："蕲艾，服之则走三阴而驱一切寒湿，转肃杀气为融合；炙之则投诸经而治百种病邪，起沉疴之人为康者。其功亦大矣。"李时珍更言："用充方物，天下重之，谓之蕲艾。"

彼时年幼爱玩，"不明觉厉"，也知道艾草是好东西了。

　　自幼皮肤敏感，打草丛里走一遭，腿上定花花绿绿尽是包。山格一表姑父开中药铺子，自配草药方，针对皮肤。每至铺求药，门前大小簸箕晒草药，见得最多的是肥叶子，想来约莫是艾了。

　　表姑父生得瘦小，皮肤铜黑皲裂，眼睛小却很清楚我被什么虫子咬了。每请他开药，总带回一小罐艾草药糊。别人也糊他的药糊，却是黄的红的，而我糊的总是又黑又黏，因此我不甚欢喜。谁叫我爱四处乱跑而表姑父的药糊又药效确佳呢，一年下来少不了去糊药。

　　前处提及大姑，大姑是护士，我家住六楼，她住五楼。我自幼稍有病痛便"大姑！大姑"地喊，大姑总有妙方。大姑又是我干妈，自然为我操心不少，时不时托人捎蕲艾，让妈妈水煎给我擦身子。

　　我十岁出头染了怪疾，原以为是蚊子包，不在意，却愈演愈恶。大姑一见，知是带状疱疹。听这怪名字我就吓破了胆——不会还要做个小手术什么的吧？大姑知我不肯打针，还怕吃药，拿来一根白色柱条，所谓艾条，用打火机点着。

　　可怜我天真无知，以为像小和尚头顶六星一样，要用烧着的香灼，于是连连后退。大姑好说歹说我才弄懂，只是隔老远熏着罢了。

　　艾熏不疼不痒，暖暖的很是舒服。白烟轻纱般缭绕大姑的手指，飘摇传香。

　　艾熏一次谓之"一壮"。三壮病除。

　　此后皮肤再有不适，皆用此招，屡试不爽。要我安分待着，确是不容易的，大姑边熏艾，边讲这艾的故事。

　　带状疱疹俗称"飞蛇"，以前人做农活，常会生这病。到大姑医院里打针吃药的人，回家还得请大法师作法。那法师神神道道，又唱又跳，举着一把神香四下里熏，叫作"驱恶鬼"。大姑劝他们用不着如此大费周章，那法师驱鬼，实际上就是在熏香。到药店买盒艾条，在家里就能熏好，连药也不必吃。无奈人家见大姑是个小护士，恶言相向不听好言。大姑说，现在因"飞蛇"来打针问药的还是特别多。

舅妈是大姑的同学，精通针灸。她们的儿时伴，脚趾曾生了血瘤，血流不止，无法结痂，鞋也穿不了。医院不敢动手术，怕切了止不了血。舅妈与大姑合力竟治好了这瘤。舅妈给脚趾上了麻醉，大姑将艾丝制成锥，点燃置在瘤上。血瘤渐而缩小干硬，结痂，痊愈。后来这位阿姨做了舞蹈演员。

甚闻艾可"回阳救逆"，医家谓：艾可灸百病。

卷一丸麦芽糖

昨日走亲戚，访一姑婆。姑婆脸上沟壑纵横，眼角爬褶，牙虽全，但少有不缺不蛀者。姑婆以为小孩子不爱喝茶，蹒跚而取出一盒麦芽糖。"老了牙齿不好了，你们少年家多吃点啊！"我欣然举着一丸麦芽糖，欣赏暗暗的斜光透在糖上，金色，褐色，绸子样的丝纹真好看。

爸爸卷了一丸，合上盖，笑眼看我："你小时候就特别爱吃糖，牙齿蛀了好几颗。妈妈怕你牙齿蛀光了，就不让你吃糖。你就偷偷摸摸，每天中午算准了妈妈睡觉的时间，抓一把糖兜进口袋。被我撞见了，你就跟我串通一气，拿两颗糖收买我。后来我们俩都被逮住了，我就替你游说妈妈，说：'就让她吃吧，现在不吃，老了就吃不了啦。'妈妈不肯，我灵机一动——麦芽糖就不上火呀，还黏牙，牙黏着，不就吃不了多少糖了吗？"

自此，我与麦芽糖结下缘分。

家中常年备麦芽糖，其实另有他因。家族传统——馋。好香，好甜，好辣。自带抗上火体质。可惜我只遗传了馋，没遗传到抗上火。明明一堆人一起吃香喝辣，第二天就我喉咙红肿咳个不停。这于我，不打紧。但躺上床时，我便咳得厉害。我咳着咳着就睡着了，边睡边咳，妈妈隔三岔五过来喂我喝水，喂我吃药，无法入眠。

药也吃多了，没见成效。本来胖乎乎的，咳瘦了。这可不行。不知从哪位长辈那听说的偏方，吃枇杷膏加姜茶能好。可这方，味儿是一点不好。送到嘴边，我也不张口。便又来了个长辈，说麦芽糖功效也一样。这我听进去了，大开糖戒，不出五日，久病果真治好了。也不知是糖的功劳，还是配糖吃的茶水的功劳。

家中只有一种麦芽糖，换了别的，我都能闻出来，一概不吃。

平和有家老字号，他家世代制糖，怪的是一脉单传，不论生几个儿子，只传最小的那个。他家不开店，推辆自行车，后座载箱糖。最早，自行车稀罕，他们家就有一辆，甚是派头。而今，车水马龙，他家依旧是辆自行车。

他家的糖，自己种麦子，自己烧柴火，用大鼎熬，用大勺顺时针搅。据传，这手法、力道、柴几时添、搅几圈、勺子握多紧，都是有讲究的。他家的糖，冬天不硬，夏天不化。对着光，可以看见糖的纹路，光顺着纹路溜走了。指尖轻戳，指痕转瞬即逝。用筷子卷，若非你想，拉丝不断。他家的糖，有麦芽的味道、麦田的味道、阳光的味道、柴火的味道。

不知手艺人是否都怪，他家不开店，不打广告，从来只有老客，每天在大街小巷穿梭，叫卖声万年不变。"卖麦芽糖——卖麦芽糖——"闽音像糖般浓郁。车后座的糖，量一年四季也是不变，不管麦子丰收或歉收，生意好或不好，天气晴或雨。

若你想到他家里买糖，两个字：不卖。若你想订了他一天的糖，两个字：不卖。若你想请他特制你喜欢的口味，两个字：不卖。

我总是走街串巷，找寻熟悉的叫卖声。

故事讲到了这里，一丸麦芽糖吃完了，再卷一丸。

筷子插进糖里，爸爸伸手。我迟疑，转交筷子。筷子牵引糖丝，圈圈圆圆，收尾的动作是一甩。"以前你可不会卷麦芽糖，一嘴馋，就抱着糖罐咚哒咚哒跑到我跟前，塞给我两根筷子，说：'帮我卷一丸！'"我抢过卷好的糖，"那是小时候！现在我卷得比你好多了！"

姑婆起身，在橱柜里又翻找出一双筷子，递给我，"那就帮你爸爸卷一丸麦芽糖吧。"

以父之名

第一个发现夏天的，绝对是卖仙草的。我们捧了大碗去盛，阿母开始用她的蓝花搪瓷杯，倚在门口，大口大口饮冰白酒。冰棍推车也来了，在巷口，冷冷地喊一嗓子，木门全开了。小孩儿围过去，一根几分钱，贵的没有。有一年街道口来了个卖橘子汁的。玻璃瓶，跟灯泡似的。一瓶要一角五。一般是几个人凑毛票买一瓶，分着喝，轮流，吸管要舔干净了，才不舍地把瓶子还给那卖家。金黄色，酸酸甜。

西瓜熟了。大伙儿赤脚丫子跑到人家田里，学着大人敲敲打打瓜肚子，挑出一个顶好的，抱着溜到河边。掘个坑，浸到凉水里。捉蜻蜓的当儿，西瓜冰冰凉了。这是不敢带回家的，怕被阿母罚跪竹条凳。只在河床上一砸，瓜脆开，捧着闷头吃。否则，浸到井里才是最爽口呢！

大舅在三角坪卖炸油条。油条配花生浆，不过顶配绝对是竹筒盛的花生米！那老头儿锯了一节一节短粗竹筒，底垫点儿干草，盛喷香的花生米。上学的孩子就边跑边学着他喊："花生一筒一角银。"

家里五个孩子，我跟嫲睡。其实是外婆，但她耳朵灵光，若听见你这么叫，一整天噘着嘴不说话不吃饭。睡的是木床，特高，我睡里头。蚊子多，没有现在的蚊香，嫲的蒲扇是最好的驱蚊器。家里客厅有一台风扇，能摇头的，我们喜欢偷着下楼，打开风扇，围一圈，没什么更快活了！但我个子小，溜下床，够不着地，常被抓个正着。

爸在外地工作，一周回一次家。一次带回来一瓶水仙牌风油精，晶莹的绿色，涂一点，神清气爽，瞌睡全无。

我在家里虽然排老三，但上面是两个姐姐，所以身为长子，要挑水。隔壁阿主是独子，要挑牛粪。阿母是严禁我们下河的。但阿主善泅水，我跟着他，偷偷游泳摸鱼。可惜怕被发现，比手腕粗的草鱼捉到了，也只能放掉。偶尔岸边上有人家不要的货车轮胎，我们便有了争着要的游泳圈。只能在下游玩儿，上游有认识阿母的阿姨浣衣，告过好几次状，惹得阿母又哭又恼。回家前到社区的大草坪打个滚，试图掩饰游过泳的痕迹。其实呀，浑身上下湿答答，谁还不知道你下过河了。

周末去中山公园，背布包，出租小人书。一本三四分，租期一周。一周里要是表现得好，赚来的钱便作为奖励的零花钱。那时候，谁兜里要是有两角钱，整个下午，都是一群小弟里的大哥。所以我总是努力地不惹阿母生气，换一个下午的神气十足。

公园里有棵几百年的榕树，一天的书全租出去了，我们趁太阳还没下山去爬树，挂在树枝上打鸟。阿主一打一个准。弹弓是自制的。后来有了玻璃球，每天傍晚放学，我们就趴在地上摆好阵势，大干一场。

除了永安桃源洞的二叔，大家都住在三角坪。说白了，三角坪就是个三角形的中心广场，分几条巷子延伸出去。街坊邻居全沾亲带故。吃过饭，找片树荫，吹若有似无的风，谈天说地，好不热闹。

今童之夏天，一人一空调一手机而已。

附中的花

朝闻大道花开了。不在食堂外圈的花圃里，开在高中教学楼到食堂的捷径上。是白瓣黄蕊，最常见的路边小花。这样的小花不招虫，可以蹲下来凑近了闻。除了热热的风，你什么也闻不到。高二高三的学长学姐跑饭太积极，带起不停的风。但这样的小花，矮得连风吹也不为所动，自顾自慢慢地傻开心。

亦乐山上，有格桑花。初一的一年里，我们很喜欢往这小土堆上跑，虽然没注意到学校提醒大家上山看花的公告，但渐开渐浓的格桑花，我们每天都见到。今天不上山，也没有新公告。

学校刻意种得最多的花是三角梅，一共有两种，宿舍楼外陪桂花开着的玫红色三角梅和国际部草坪旁一圈的大红色三角梅。学名不知道，反正大红色的更大些，生得也更令人舒服。兔子爱吃的是大红色，可能比较甜。即便没亲自尝过，见了这种花，我依旧习惯告诉同行的人：这花好吃。

附中的花开得总是很随心。男生宿舍门口台阶上一排粉色野花，不知道是讽他们为牛粪，还是夸他们一片绿叶。反面斜坡小黄花，现在开得不多，好几朵都缺了肉。周杰伦歌词里翘课的那一天，也许也见到这片小黄花。

真正令我发现附中有花的，一定是超市的阿姨。超市里有个小水池，上周水池上摆了个可口可乐塑料瓶，插了上文出现的所有花，搭配米兰的小圆叶子。我简直走不动道了。在黏糊糊的空气里见到一束可爱的花，多妙呀!

　　我总被嫌弃走得慢，因为见了花便蹲下来摆弄。可惜除了姑丈养的花，我从不摘路边任何一朵花。也许我不适合方格桌布细腰花瓶，只适合戴顶圆帽瞎溜达吧。

酸菜坛子

除去几口酒坛，家里有三口正经的坛子。高矮胖瘦，三口都腌着酸菜，不过样子和内容都不相同。

那出身最好的矮胖坛子，新釉亮，白底彩绘工笔画。中间那口，圆，没有一点棱角，厚釉赭石色，有做旧的嫌疑。最喜欢土坛子，很糙，麻布封了口，只口子和底边一圈上了点白釉。

这土坛子，长乐①来的。姨妈的公公婆婆住在长乐秀峰，很山的内山。老人家总是捎东西来，这坛子便是了。小时候吃着地瓜，以为长乐是个超棒的地方，啥都有。近几年姨妈常招我们一起回长乐，我发现，秀峰说起来要啥没啥。最叫人接受不了的，是几户人家共用一个厕所，时不时还有鸡鸭跑进去解手。但我很喜欢两个公公婆婆，他们真在山里，生，活。

小屋子爬满青藤，窗台挂着碎花布帘，贴上不知哪个小孩儿的画。屋子里很暖和，每每进屋，我觉得眼前全是柔黄色。最喜欢那地窖！秀峰人少地多，公公有一大块地，种了市场上能买到的所有蔬菜瓜果。老两口每天踏着草鞋儿，拄着小竹竿儿，挽着太阳去浇菜肥瓜。四季都有菜，一股脑往外婆家送。实在太多，便存在地窖里。地窖不闷，深处有很多坛子，高低不齐。有成堆的南瓜、丝瓜、青瓜，各种瓜。酸菜腌得棒，大家这么夸。婆婆竟因此叫公公多腾地种芥菜，更频繁地送来。酸菜"正港"②，坛

---

① 长乐，指的是福建省平和县的长乐乡。
② "正港"，在闽南语里意为正宗又好吃。

子淳朴，公公婆婆可爱。

妈妈曾心血来潮请教老人，学腌酸菜。她兴冲冲买了那矮胖白坛子，结果是，酸菜酸是酸，馊了。坛子也就空着。

圆坛子呢，从芦溪①来。芦溪酸菜又叫芦溪咸菜，在平和县是顶有名的，市场里各色各样都有。一把酸菜折成几截，用一根什么植物的叶子扎好，塞进坛子里。

那时候跟妈妈搭班的数学老师有个女儿，叫陈静，比我小了两岁。我们玩得很好，坛子和酸菜就是她妈妈送来的。她有很重的芦溪乡音，喊起"妈妈"跟唱歌儿似的，声音是天生沙沙的。

唯一一次随陈静回老家，大约是五年了。她家的房子里也有地窖，也有标志性的酸菜。门口一条溪，清浅。溪里的石子儿不扎人。我们没命地在溪里追着跑，水花欢溅。上头洗衣的婶婶招呼着，我跟着她跑到对面的小竹林。小竹林里草很高。她在前面拦草，又指着那地上冒尖儿的小青点，是竹笋哟！

记得玩到太阳下山。记得水真的很清，很冰。酸菜真的名不虚传。直到现在，那位教数学的阿姨还不时捎来酸菜。

只是很久没见那样的水，那样的妹妹。

---

① 芦溪，指的是福建省平和县芦溪镇。

错过一天

　　醒来时宿舍空荡荡亮堂堂，我仿佛错过了立志早起的闹钟。昨日久晒过的大被子让我深陷其中，像卷叶虫。禁不住把头狠狠埋进被窝，真幸福。

　　我悠悠地披上外衣，享受树懒式的洗漱。我看见小块操场上的白球白衣，听见工地三拍子的叮叮当当。我错过了与舍友共进早餐的闲谈，错过周日早晨暖洋洋的食堂。我摇着腿打开书桌上备好的吐司，权当作有人为我精心置放。用烫手的勺将蜂蜜垂到白吐司上，一圈一圈。

　　我帮舍友打水，和穿堂风一道儿。感受热蒸汽，在手指间滑溜溜地绕。梳很久的头发，心想它究竟长了一寸，还是更多。我错过早起复习，怠惰却叫我心旷神怡。我从书堆里抽出破角的《历史》，抚摸课上的笔记，对插画评头论足，为古老的色彩赞不绝口。我脚不沾地，更换各种姿势。腿挂上椅背甩啊甩，我的脑袋摇啊摇，清冷的早晨这样过去。

　　我慢慢打理，穿鞋。回身又把书桌打乱，五彩横流，这才温馨有趣。我荡着头发走，并不着急于心心念念的茄子西红柿。我错过高中放学前的人流低峰期，找一靠柱子的队，有点长。和舍友一说一笑，看端盘子的白衣裳来去穿行。

　　喜欢在正午洗头发。因为疏懒，任它滴水、乱飞。晒晒冬天的太阳，时候到了自然干。我错过松软的午觉。在阳台洗衣服，全天是白色的。在这素白的冬天，我似乎也更愿意与白衣接触。一切都干净简单。只有红盆子折红光映红泡泡。冲掉！

　　我插下小旗，翻开练习。哦，哦，是这么做。我想起扬州的小帖妹子。念着张弛有度。填好熟背的地址，贴一枚大闹天宫，打开信纸：下午好，展信安。写得不知傍晚已至，纸困人饥日已低，便错过了用功好时光。音乐外放，洗个小澡吃个饭，啃颗苹果掀开书。恰好睡意袭人，垫了外套，抱书倒头睡。

　　睁开眼发现同桌叉腰靠墙，等我上自习。欢欣地挎上绿书包，挽她肥大的校服袖，谈笑风生。

　　如此说来，我是错过了一天。

这些我遇见的花

今年的紫薇提早半年开花。出门第七天才想起阳台的花，高铁上赶紧一个电话，大姑丈甩着钥匙串儿上楼救命去。不知道他如何整饬，花居然粉艳艳开了。倒也没抽新条，从干巴的老枝上冒出来。

家人爱养花，尤其是大姑丈和我。我们住上下层，他在五楼，我在六楼。从三楼小台往上走，其实楼里家家都养花，养的各不相同。先前我爱奇花，如今像姑丈，是棵草就种，什么花都喜欢；三楼阿公的夜来香四季开花；四楼玉姨每年养一棵富贵树；聚香阁老板跃光叔摆几盆牡丹和金橘；"漂亮阿姨"把一株大红三角梅斜挂阳台；顶层素珠阿姨隔三岔五往回搬茉莉、风信子。

写了两段有人狂按门铃，哈哈好久不见阿彪伯伯。他在门口喊那嗓子，我想起昨天刚刚铲掉的两株辣椒。这两株辣椒，打破了我的惯例。在此之前，我从不正眼瞧菜地里的绿家伙。我的小阳台，尽是可爱的娇花。爸爸从阿彪伯伯那里带回辣椒株，我扔在泡沫盒子里，倒点废土，一勺水灌下去。第二天辣椒株被爸爸救出来，根已经烂了，移栽到最俗气的那口陶盆里。当时我全身心照料我的绣球花种，绣球半根芽没长，隔壁的辣椒已经开起了小花。个头没有明显抽高，小米椒红辣辣挂满了整株椒苗。我兴冲冲跑到厨房报喜，爸爸的案板上已经码了数枚米椒。我们便拥有自己的小椒树。洗完菜，到阳台折两颗，荡荡水，刀背一敲，抛锅里热油爆。

米椒越摘生得越多，少养花的爸爸开始研究施肥剪枝，三天两头翻土。爸爸听说香灰烟灰肥性好，路过就弹烟灰，香炉香灰没满也往陶盆里倒。

二姑也种辣椒，虽然日头更足，椒更多，却招来一伙不怕辣的飞鸟，最后留在枝上的反而不比我的多。

养辣椒好多年，专门买来晒椒子的簸箕还赖在杂物间，终于衰老的辣椒株干了。唯一留下的是淋了雨发霉、一直不记得倒掉的一簸箕干辣椒。

昨天傍晚收拾众花，天还湛蓝，看得见淡淡的月亮。春天写的作文提到的海棠居然吐了新芽。它每年花一尽就假死。春天里我又一次写道：这次海棠真枯了。留着它，完全因为枝条样式讨人喜欢，修一修当干树枝摆也好看。夏天，海棠却再次起死回生。不过这回活了子株，母株确确实实不再新绿。

和海棠挤在一块的蒲公英因海棠的复活变得扎眼。不知道哪颗种子飞到我家阳台，正好落在海棠的盆里，正好海棠已经光秃秃，正好我打算让它自生自灭。种子从杂草长成海棠两倍高，叮叮当当全是花。不是路边毛茸茸的白色蒲公英，这让我有点失望。不过短毛米色蒲公英也好，即使我使劲摇它的脑袋，也不四处飞。免得风一吹，蒲公英在我的地盘遍地开花。如今"地头蛇"回来，我只好将新来的连根拔起。我发现，原来蒲公英的根扎得一点也不深。

也因为阳台不大，寸土寸金，蒲公英落户难。三楼是转台，有小院，往上每户只有阳台。我特羡慕三楼阿公家的宽敞院子，因为可以趴在石桌上看书，可以荡秋千，冬天可以在院子里学着阿婆打被子。最棒的是院子里大片夜来香。从二楼露天楼梯上三楼，有堵矮矮的粉色瓷砖墙，墙头托着夜来香沉甸甸的枝头。雨天的花串几乎要变成白色雨滴，大朵大朵沿着粉墙滴下来。

夜来香似乎并不只在夜晚开放，但我记忆里的夜来香，永远在夏季傍晚的月光下。我永远躲在粉色瓷墙后边谋算吓唬妈妈，夜来香永远在这个时候芳香扑鼻，吸引我的注意，我因此永远不会得逞。

这个假期在上海。刮台风的第一天，我独自撑伞，没有打开导航，寻找房间窗景里的一座天主教堂。胡乱走，在雨停之前，教堂找到了，可惜没有开放。门口有只黑猫，眼睛墨绿，滴溜溜很亮。黑猫面朝天躺在一片白花中，白花不为台风所动。我想到夜来香的故事，兴许我撞见白裳的月宫使者，和树下黑衣吹笛少年。路边只有一位老人走过，我问他，这是夜来香吗？老人的上海口音真浓，这叫晚香玉。想来是夜来香在沪的美丽名字吧。

给秘鲁的韦伯发去散步的照片，他说这白花的西语名字叫 nardo。好奇上网一搜，翻译竟更美：月下香。不过那首名为《月下香》的曲子太过悲凉，不是我记忆中喜欢的夜来香。

我的名字

　　无聊或者旧物件带来的惊喜容易引起浮想联翩的回忆。感谢五月五后食堂未曾撤去的大粒粽子和我的化学老师，我大脑空白地在本应推算结构式的草稿纸上不厌其烦书写我的名字。写名字也可以像达·芬奇画鸡蛋，千篇不一律。

　　起初我的书写并不麻木，而是略带自恋意味的。突然写出了一个显得幼稚的名字之后，我的书写神圣起来。因为那个名字如此稚嫩，应该出现在小学三年级语文教材的扉页上。一个刚刚放弃铅笔，改用签字笔，模仿老师批语连笔写法的名字。没有力道，也失去了学习硬笔书法的端庄样式，笨拙得让我想起妈妈钱包夹层里我儿时的证件照：黄色翻领裙子，彩色发卡，安然的眼睛在未形成鲜明轮廓的脸蛋上。我意识到纸上密密麻麻注视着我的名字不只属于当下上课开小差的我了，它还属于一岁刚拥有姓名的我、三岁学习写名字的我和十余年来在画册、课本、小纸条上无数次写下名字的我。

　　名字还是名字，书写它的也是同一只手，只不过每次它出现在纸上的心情不同，力度不同，再顶多，笔不同。最初的书者必然是给予我姓名的父母，我的名字一定是带着喜悦、怜爱和期盼被留在纸片上的。万幸我的名字没有繁杂的结构，不难书写，刚学会握笔的小小的我免于抱怨耍脾气，她也许感到新奇，也许为自己拥有爸爸妈妈也有的三字姓名而兴奋，然后在纸上连拼带凑，第一次心急地拒绝妈妈的帮助，写下三个大字。

可惜名字的书写往往太随意，只作为上交作业的备注和签到时证明身份的凭证。当我在普通的一天里需要书写十遍甚至几十遍姓名，名字于我就令人叹惋地演化为手部肌肉习惯性动作的符号了。几乎可以被字母简写和班级学号取代的名字，似乎失去了应该获得的尊重。我在此之前从未观察过自己的名字，写了便写了，不作要事。偶尔认真书写一笔一画时，确实因为百无聊赖，或者受到的教育告诉我的对他人应有的尊重。

曾经和朋友讨论，为什么字写得丑的人在正式签名时也可以规矩得体。胡乱猜想，大概要面子的人们只有面对正式文件时，才回想起"字如其人"，想起名字对于自己的象征意义，名字于是借机得到一点尊严。写此随想时我忍不住在一旁的纸上又写了一遍名字。深感愧怍，所以恭恭敬敬。我打量铺满整张纸的名字时，不同写法透出不一样的我来。一如提及的幼稚，半草不草胡写一气的名字让我想起十岁的我。和最好的伙伴一起追求个性，通身黑白，衣柜不留一条裙子，甚至不出现彩色。因为学爸爸的草书不成，干脆每到写名字时便把纸推到别人面前，嫌弃自己的名字实在难写。

我和我的名字皆是父母之作，不是我的个人作品。名字的书写倒可以认为是一种代表不同成长阶段的我的作品了。因为过往的我翻找出更年幼时的书籍，见到书上我的名字时，颇有点"悔其少作"的心理。直到前些时候，为了期末复习，翻开去年的课本，我还戏谑自己写字太张扬，名字站不稳脚。

我意识到名字背后的我，注视它们时心中升起了奇特的敬意。此刻我再次联想到五月五的粽子。我如此怜惜，满心爱意地想念时间里的我。她们兴许讨厌爸爸做的肉粽，只爱蘸红糖加蜂蜜的甜粽；可能在外对粽子来者通拒，宣称我家的粽子无人能比；叫嚷着要帮妈妈裹粽子，结果贪玩误事；也在离家后的端午之际，想念爸爸烧肉粽里的鹌鹑蛋。出于对名字的敬意和对年幼之我的爱意，我应当好好书写每一次名字，为日后再次注视我的名字的我，添一个青春时的可爱模样。

宣判

　　妈妈用心挑选的拐杖是对外公的宣判，一如染发膏是对曾经乌发的宣判；早睡早起是对彻夜狂欢的宣判。把时间的刻度精确再精确，下一秒的淡淡悔意便是对每一秒发呆的宣判。

　　时间的尽职多么无奈。今年不是蜜柚季外婆招我们回家的电话，而是蜜柚刚落花时外公的第一副拐杖提醒我：他再不是不打招呼就扛一袋蜜柚到家门口的外公了。他甚至不再计较茶几的内容，端着舅舅为他安排的终年不变的降火茶；不再遮掩，而是大方地揉搓着因为雨季发痛的膝盖，甚至陷在小小的沙发里不愿站起来，任由小辈伸缩掰折他的拐杖。

　　我想我也会成为一个倔强死不认老的糟老婆子。比如像外公一样抱着手机不放，和表弟抢电视频道；比如宁愿欣赏着年轻时栽在家门口的芭蕉芒果阳桃，躲在百香果的薄荫之下，也不坐上宣布自己腿脚不便的三轮代步车，成为街上踟蹰老头的伙伴。

　　当然也大可不把衰老以及随其而来的变化视为宣判。五十该知天命，六十应该耳顺，老去也可以优雅从容。街头漫步的老人不乏目慈面善者，同时愁容满面者却也不在少数。在我们经历老去的历程之前，还有充满未知和惊喜的长大需要经历，因此我们无法准确得知：老去究竟是不是一种宣判。语文课上关于人生的讨论似乎也把每个"我"引向一条乐观积极的路。如《罪与罚》的箴言："人这种下流的东西，什么事情都可以习惯的。"

　　未老去的我在纸上揣测老去之人的想法，这叫作杞人忧天。可能用词不当，因为衰老对老者和少年来说都是进行时。比如外公膝盖的风湿，就像我闲时的思绪一样，准时且学不会委婉。

亡灵的山雨

山雨一起，万物肃静。

湿答答，凉飕飕，安安静静。死亡因山雨化为动态，搅碎成朦朦胧胧，笼罩孤山。诸类叠词，随从一场如期而至的山雨，降在山头。山雨为亡灵而下，生命在这场山雨中屏息，敢于喳喳细语的是山头的亡灵。亡灵呼吸，轻叹，大颗滴下的绿雨因而神圣。山下的人们知趣地将其与春雨、暴雨、微雨、细雨、江南雨区分开来，它仅仅落在山上，被山定义。这座落雨的山头便与世隔绝，只属于山上永恒的亡灵。

雨中活动着的，只有生命的蠢蠢欲动，因此有了惊雷的笋、低飞的燕。亡灵的心境如同雨幕从山上降下，是静止的，刘亮程描绘的永恒。趁万物来不及复苏，亡灵的山雨常在初春下起，生命易回忆起亡灵的季节。而山雨庄严，不容生命置喙，它清高于降在楼房街道间夹杂怒骂与情话的雨。世俗的雨允许缤纷杂乱的心境变幻，因为雨中有生命，生命的存在即心境的错综复杂。复杂尤见于清明时节家家雨。家家雨是欢快欣喜的雨，山雨是静默的雨。生灵在家家雨中农作、嬉戏、拥抱爱情，亡灵则于山雨中继续它们永恒的心境。

国人祭祖，大多仍到山上去。家乡的葫芦山供亡灵栖息。生灵的伞撑到葫芦山便合上，并不在意打湿衣发的山雨。或许出于敬意，又或许相信山雨是来自亡界的无关于己的雨。长者传授幼子：敬畏亡灵，敬畏山雨。幼子重复：哦，山雨。年幼的生灵光记得清明的葫芦山上该有雨，跑的闹的少了；年长的生灵哄的骂的也少了。伛偻提携于山雨，连久别重逢的紧紧拥抱，也在山雨中化作相视点头一笑。若两个小生命追随长者穿梭，发现隆起的土堆边、肆意生长的野山花后彼此的小小身影，只好将奔向对方的心情藏在雨里，把手指放在嘴边，互相轻轻地，"嘘——"。所有生灵在默默的山雨中，以最温和平静的模样面对先灵。温静的千篇一律下，是每一个悄然变幻的心境。他们都想到自己的百年之后，所以一齐向山雨表达期许。

生灵的祈愿寄托在雨中，命名在山中。名带"通灵""通天""天门"的山，于是在大陆上遍地开花，为生灵寄存山雨。山雨在通天山上召集云霭，为某个痴心的人儿留下雨色亡灵的掠影。可爱的是生灵，几乎忘记了代代的默许，野山遇雨，如见仙家，仍有呼朋唤友的惊喜。几度至闽地灵通山，它不辜负人们给予的姓名：有山就该有山石，山石就有山洞，山洞住仙人或亡灵，岁岁听山雨。寺庙亦追随山雨，为雨色添一点红。绿植之间的烟呈白色，不只有山间汇聚的水汽，更有中国人千年的香火不息。可当落山雨的雨山迎来慕名观光的生灵，只为亡灵而下的山雨不知落去哪里，是山中新庙老和尚的头顶，还是怀疑亡灵不愿上香的幼小心灵的捧雨手心？

然而山雨不过是雨，恰好山中下，何来为亡灵而下之说？逐渐死去并不是悲惨的事情，就像莫奈的逐渐失明。善于习惯的中国人本应相信昔人已逝，但对亡灵永恒的向往，对山雨的执着，来自生命的转瞬即逝，以及对生命历程被铭记的渴望。一场静默无语的山雨从远古淅淅沥沥下至今日，当它润湿众生归去的泥土时，便成为生灵吊念遗憾的寄托。从而，被习惯的不仅有死亡，更有躯体亡去灵魂尚存的美丽自欺。又为何非是山雨？山育土，土诞人，山雨为心照不宣染上神秘色彩。大陆的山雨为育米的黑土地、养茶的红土地下了千万年，若大地上生灵的信仰仍存，它将为山上的亡灵继续下千万个千千万万年。

亡灵的山雨每每引生灵边敬畏前行，边贪婪呼吸。一个生灵身携繁杂生命历程，撞进山雨，融身异界，是有过失的有闲，误入桃花源的妙缘。如一壶毛尖，身心随鼻尖浸入闻香杯……那是可遇不可留的幸福。

美癖

学校书库藏了许多奇书，一本《美之地图》，上百张女性面孔，五十个国家，各式民族着装，让嗜美成性的我大呼震撼。美往往相通，并令人感动。我尤其喜好收集印有深色人种少女的明信片，她们美得鲜艳，热情张扬。同座了解我这一喜好，一次惊喜地把杂志上中非难民男童指给我看，问我是不是很喜欢那张照片。我心中惊恐，一方面男童饥饿成病，腹部肿胀，一方面深觉残忍。享受和平之人自私至以异样为美，甚至以苦难为美。爱美之余，似乎更应端正态度。

美癖，癖好是美本身，切肤感受。七月里疯狂的蝉鸣，分离前的笑脸，炽热的凤凰花，任风翻腾的火烧云，愉悦即美。好比文字歌颂的青春，世人不考究少年少女的脸蛋是否遵循黄金比例，他们自然而然走在美的光彩里。美与生活的忙碌，并不是月亮与六便士的关系，俯仰皆美。它唾手可得。

花被认为是美的象征。人们爱美并养花，给予这些小生灵诸如玫瑰、夜来香这般可爱的名字。不同气候区与地形区的花儿，又因遗传而来的习性被爱美之人下了花语的定义。恰恰玉兰不故作慵懒，牡丹也不认为自己富贵。它们像美而不自知的少女，接受人们的啧啧称赞，自顾自生长；又像对此不在意的一颗颗爱美之心，自顾自在美中流连。美如此自我，如此低成本高收入，因此有了凌晨四点发现海棠未眠的川端康成，也有了邀友人与花共坐的汪老先生。

相形之下，云南鲜花村的流水线生产似乎对花、对美大不敬。

花农习以为常，把滞销的鲜花翻进泥土，许愿来年的雨水与好收成。他们与诸多匠人往往被自诩爱美的人群指责为麻木不仁，指责对美视若无睹。可人们忘了美始终感性，感性才使得世间有了千种定义的美，而非恪守某个不存在的牵强标准，连每一年喜欢的颜色都需要根据潘通色卡更换。责怪农人与匠人的人们又如何得知，农人匠人日落而息，面对家中红扑扑的灿烂脸蛋时，不会为了孩童之美感动呢？

国人爱美，生长于山川之间便赞美自然之美；深处深宫大院便追求精雕细琢的美。对美的追求，实则对生活情趣、生命价值的探索。不知何时起兴起简约风，并且美其名曰返璞归真。能工巧匠穿梭于丝线之间的中国技艺反倒成了美的敌人。审美本无对错，它基于时代、种族、阶级、生活经历。在技巧与器物中寻找精致，本是爱美淋漓尽致的体现。欣赏简约，也不必放弃对另一种美的肯定。顺其自然的减法与精益求精的加法，同是中国自古传承的审美意趣。

美，有时的确与国家、地区的政治经济生活有千丝万缕的联系，为此爱美的人们牺牲了自主审美观。三寸金莲一步三摇一度被奉为圭臬；清一色的蓝绿工装看不出美的影子；即便中苏关系"蜜月期"的布拉吉也不是中国女性对美的自由追求。而历史课本上一条喇叭裤，是中国人自由审美的可喜重来。

今天我们不必为大米和面包发愁，为了不至于成为智能时代的格里高尔，继续与生活交换一支水仙花吧。

在附中过冬

　　日子慢下来，阳光就在我的视线里延长，头顶天空的晴或雨也变成老年生活般的谈资。附中的冬天远比夏日悠长。它在短促的秋季后某一天突然开始，而后便是满校园的懒洋洋。

　　洗衣机最早预示着冷空气来袭，它疯狂地吞吞吐吐又翻滚不止，甩出白色泡沫。颇有"春江水暖鸭先知"的意味。只穿秋季睡衣的六七个女孩子在开水房拨弄长发，时而用吹风机暖暖赤着的脚丫，又往打水的同伴领口灌进一股热风，时而挤过地上五彩斑斓、塞满衣服的桶，探身看那洗衣机是否已经停止转动。短发的女孩挎着半开的书包，怀抱一摞书和习题从自习室出来，与走廊上扑打被褥享受阳光的舍友撞肩问候，转身进入轰鸣不息的开水房，装一壶滚水温暖冷得发僵的手。

　　如此明朗。唰地拉开宿舍的窗帘，阳光射进来，从西北拉面或圆锥曲线中刚刚抽身而出的四人便啃着妈妈带来的芭乐、香梨和硕大的青色西红柿，东拉西扯谈起当日新闻，严密制定的日程计划似乎在阳光里再无意义，不如倚在阳台的玻璃门上研究头发长了几厘米，与洗着昨日衣物的舍友一起惊奇地发现远处山上的白色风车，听谁感叹一句：是冬天让我更珍惜太阳。对面男生宿舍楼的笛声也在这万物明晰的冬日午后愈传愈亮，不再有困倦不已的女孩抱怨笛声扰民。

　　一切都有了理由，又不再需要理由。"中午吃面!"可以有爽快的"走"作回应，不必考虑一日的课表作业、中午回宿舍要洗头发或抓紧时间补觉，只为了"暖和"就能做下决定。饭后到超市闲逛散步，与阿姨聊棉服和羽绒服，花近十分钟纠结巧克力味酸奶和原味酸奶哪个适合今天的心情，这成为大家不约而同的消遣。着急完成文综卷子的人也愿意爬上六楼，吹着北风凑凑泡面趴的热闹。偶有一寸光阴一寸金的念头，又用"今天阳光这么好"一笔勾销。

倘若前夜遗留的糟糕情绪在此刻涌上心头，只消往晒得松软的棉被上一躺，向大家道一句午安，午也就如此安了。

夜晚应该更有烟火气。事物少了几分文艺，多了喧闹和鲜明的情绪。煮面的阿姨会脾气火爆地催促犹豫不决的学姐，打汤的叔叔远远见了我，便心领神会打上没有鱼丸的香菇丸汤，而且是不无偏心的四颗。来自北方的老师们聚在一起，举着大白馒头就菜吃。我们饶有兴趣地模仿，发现馒头和扣肉真是绝配。角落偶有"偷渡"了蛋糕过生日的人群，唱起生日歌还是吸引了大家的注意。若遇上冬日的夜雨，抖落伞面水珠的哗哗声，冻手冻脚的"嘶——"和湿了裤腿的叽叽咕咕的抱怨，让附中的食堂更显得热气腾腾。体育馆工地试音大叔的自信歌声，和闯进食堂找不到出处的燕子一起，在嚼着饭菜的头顶上绕啊绕。

独自一人待在附中的冬夜里，便唯有门外放肆的风声入耳。为了补觉请上三节晚自习的假，缩着脖子穿过朝闻天道和四面而来夹沙的大风，溜进宿舍楼，发现总是板着脸的宿舍阿姨也在冬夜里变得温柔可爱，笑着骂你一句小笨蛋，命你马上冲个热水澡钻进被窝里。

门一带，夜晚静默无语。因寒冷而动作迟缓地收拾打点自己，拖着破烂心情爬上床铺，想起宿舍楼外那棵开黄色花朵的树，花期真长，阳光一晒就闪烁发光，从初夏直到深冬。冬夜的附中太过安静，在漆黑的安静里，每个自己都被放大，放大至占据整个无人的房间。戴上耳机听那些听不懂的歌曲，猜想歌词的模糊故事，也就身心俱疲而舒畅了。

总是在差点陷入错误情绪的时刻，有下课铃响起。躺在床上默数着从教室到寝室的步子，几分钟内听见门外的嬉笑、愤怒、难过和窃窃私语。附中的冬天本就是寒冷和温暖的合集。人声鼎沸。这个词孤零零冒出在脑海。我也就在冬夜里睡去。

草味空气

气流上升。照理说，雨该从天上降下，打在窗台。但湿漉漉的青草味空气朝上冲起，喷在窗口，我的脸上。近处老楼更新的青色梯形屋顶代劳应有的远处青山，我也就把它当作青山，落在熙熙攘攘的雨伞之间。

野蕨在厨房出现，意味着我终于盼来春天。采摘后，它得长时间泡水，据说能泡掉毒性。我却宁愿吃掉这点毒，一享春天的鲜味。但妈妈总把它泡上十来天，直到它从生硬变得软糯，才肯下锅炒了吃。我则每天跑进厨房，不厌其烦地戳一戳它，看看是不是变软了。

野蕨由于不受待见，市场里少有贩卖。我吃野蕨，全仰仗姑丈老家的山林。虽不曾亲自上山，但我想象，这座小山大概是漫山遍野长野蕨的可爱模样。每年清明，大家上一座叫葫芦的山扫墓。我总是跑在前头大呼好玩，大人们则聊起从前山上长野蕨的事情。故事向来以"我们小时候"开始，谈谈野蕨如何如何茂盛、如何被柚农清割一空，再以我的"好可惜呀"结束。

其中细节最丰富的故事，是这么说的：平和以前有家罐头厂，出口野蕨干。春雨一下，野蕨盖满青山，用不着像今天一般费力寻找，道前屋后一逛悠，就足以丰收。春播后，老街三角坪成了晒野蕨的专门场地。午后太阳一斜，奶奶们就一齐坐上石阶，晒蕨干。待蕨菜脱了水，姐妹几个便一起搂了篮子，上罐头厂里兑换钞票。大家不关心最土的野蕨如何被送向西洋，只感谢这青色小菜给生活增添光彩。某年却来了农业专家，召集人们开起会，称野蕨含剧毒,吃了不好,于是订单一批批减少。厂子倒了,山开发了,柚子树种上,野蕨消亡。

其实故事的主角可以替换成各式果子。诸如桃金娘、桑葚,以及一些无名野果。这其中,唯有桑葚求得生存。幸运的是,总有叔叔阿姨热情邀请我们到各个"老家"摘桑葚。他们的口音不同,老家的桑葚也样式不同。最好吃的是长条形,最酸的是椭圆形。还有一种无甚滋味,不过模样新奇,全身白色绒毛,像钻满虫子。也有摘了来不及吃便烂掉的圆球形,颜色更深黑,兴许更甜。但那棵树上爬蚕,如今算是稀奇景观。红透了黑透了的桑葚留给白虫子吃,坠一地树影,也不算可惜。

攀上阳台,一下子碰上外头的香气,我的脑袋就拼命往外伸,好好闻个够。我总是认为香气自下往上涌起。它到底从哪儿来呢?就算三楼的夜来香朵朵浓香,也不至于叫夜空都给她们占满。夜晚吹来的风不是白天的青草香,而是甜丝丝,轻轻柔柔。我大吸一口,猜是温柔姐姐在楼下晾着长发,长发飘香。吹拂在我皮肤上、眼睛上的气流,曾流过谁的脸庞,是不是来自近郊桑树上挂着的一只肥蚕?那些浓烈的香,无意识时也能察觉到。比如把鼻子凑到花朵前鼓动鼻翼,大嗅一通,夸它,嗬,可真香!这是费气力的香。而晚风是让人舒坦的香,化在空气中,滞留在鼻腔里和肌肤上。

情绪似乎也与气味相关。当草味来自高一时出游的蜜园农场,就不再温和了。草味在奔跑时从地面升起,虽不至于有汗水气味,但空气也炽热而甜蜜。想来恰逢雨季,泥土味和青草味想必旺盛,但即便我一脚踩入泥沟,屡屡抬脚向经过的大家展示我的傻样,也没留心泥土的味道,只沉浸在迅猛的快乐中了。

一天里燥热的午后,草的气味暂时被压制在土地上。我趴在床上不肯午睡,观察对面楼层收衣服的母子。想象那母亲掸掸晾衣绳，把压在儿子头肩、拖着地板的棉被甩上绳去。儿子故意报复，一捶棉被，撒欢跑了，不等妈妈喊一声长长的"慢点"，就从顶楼溜下去。尘埃蒙蒙，母亲一手扶着被褥，一手敲打她的腰。听见楼道扶梯叮叮当当作响，心想一周过半，儿子准又缺点零花钱。往下面望去，楼下等候的孩子便应：阿姨，我们天一黑就回来！

草味空气构成许多细小画面。严格说来，多数与青草味道并无关联。但我仍把它们归为草味空气，因为一概是我喜爱的气味。当爸爸系上围裙，猪蹄、牛杂和肥肠就对我说，你闻闻我吧！草说，闻吧。我的胃也说，快闻快闻！

说喜爱草味、泥土味，其实我鲜有机会到田地里走走，所以羡慕极了桢桢家的田。桢桢家的田有两大片，堆土成垄，引水入田，清一色插上番茄秧。我在秋高气爽的季节，打着社会实践活动的名号逃课出校。结果两脚没沾地，就被看田的狗子吓得凉凉退却。绕了远路，才和同样没见过世面的欣欣在番茄田里惊呼："快活！"呼吸着生生的番茄味，对橘色的小番茄犯馋，却不知如何下手。先是语言不通地请教帮工，拜托她们摘下两三颗，只尝尝鲜。又四处找不到水龙头，在衣服上蹭蹭，就算得上干净可食。后来厚脸皮地上蹿下跳，不知满足地满田地跑，跑掉了帽子，泥巴糊了鞋子也不消停。夸完这株颜色好，就一拽一串，手里一把番茄直接往肚子里吞。然后互相约定，长大要努力工作，买下一块番茄田。心中思念着什么，那一刻只变作"我想带你来番茄田"。又瞪大近视三百度的眼睛，和大家一起找从厦门飞来的飞机。虽然一架也没看着，不停问着"哪儿呢？哪儿呢！"，大家也乐此不疲，对着蓝天指东指西。在直白的阳光之下，似乎什么念想都令人发笑，什么愿望都应该实现。

疫情网课总是难熬。根据分秒执行着计划，成了高效学习的行尸走肉。往往嗅觉比我更早警醒。柚子花开的季节远远未到，我却在作业堆里闻见香气，惊奇地招呼大人们闻闻，非得得到"好像真的有呀"的回复才心安满足。草味空气是快乐的前兆，是我反复迷失时的稻草。它叫我想到后天可以过周末，仿佛明天满满的课表也轻松。睡前抱佛脚地拉伸筋骨，当作一天的运动达标。向走廊喊爸爸帮我点熏香。爸爸重复数个昨天的念叨："又把布娃娃挤到地上，蚊帐开了也不知道拉好，蚊子不咬你才怪。"甩着外套帮我赶蚊子，故意叫一声"哎哟，这么大一只"，然后甩过我的头顶，说逮住我了。

灯被关掉，我斜在床上，对着风扇摇头，让我那终日相互覆盖的头发也吹吹凉风。脑袋一仰，看见窗帘没遮住的夜空，眼珠子往右一挪，越过防盗网是黄色的月。它悬在楼顶，楼又矮又旧，月又亮又新。它离我如此之近。我如此善于自私地想象。莫非这夜里唯有我熬着不睡，它才爱怜地挑中，伴在我的窗边？像草味空气，只有最贪心的小孩，才时时闻见。

边界的小失常

唯有一件事是爸爸允许的

市政中心对面的红色小楼没有一扇门！只有二层，一扇木窗，有根黄色的水管通向井盖下的污水道。

不是什么鬼屋，那里住一个小女孩和她的爸爸。

女孩儿脸蛋很圆，眉毛弯弯，眼睛很灵很闪。鼻子也圆。嘴巴也圆。刘海被厨房的大剪子咬成狗啃式，扎了两条夸张的红色羊角辫。

爸爸脑袋正方形，两颊的肉拱到一块，倒八字眉，死鱼眼，嘴巴嘛，也是个不正的矩形。

屋子里没有一盏灯。女孩儿每天在太阳下山之前，关死二楼的小窗，爬上床睡觉。这个时候，爸爸开始修补屋子里的破烂。敲敲打打。爸爸喜欢有尾巴的玩意儿。于是屋子里有了带木尾巴、铜尾巴的布偶，电风扇，直升机。爸爸每天从天黑忙活到天亮，但第二天傍晚又会有新的破烂出现，等着爸爸修理，装上它们的尾巴。

女孩儿不上学的，爸爸不许。爸爸从没放她出过一次房门，爸爸自己应该也不知道怎么出去。她没见过幼稚园，没看过动画片，没去过游乐场，没有任何小伙伴，没放飞一只风筝。女孩儿如果壮着胆儿问爸爸："爸爸爸爸，为什么我们只能待在家里呢？"那爸爸要打开风扇，找出尼龙绳，把女孩儿挂在扇叶上转圈圈，转到天黑才停下来。

唯有一件事爸爸是允许的。

顶楼有一口玻璃缸，养鱼。女孩儿数过，数不清。每条鱼，都有自己的一种颜色。一些很好看，也有丑巴巴的。很小的时候，女孩儿跌进缸里，呛了两口水。从那以后，女孩每天都跳进缸里，和鱼待在一块，游来游去。

爸爸总是烧着菜，笑呵呵地看着女孩儿，提醒她："千万别让鱼儿跳出来啦。"

爸爸烧菜很好吃。天天变花样，但从来不蒸鱼。当然，女孩儿也不会答应。

女孩有个烦恼，她的个子那么小，怎么也长不到爸爸那么高。爸爸说："小小的多可爱，爸爸不希望你长大。你要记好了，如果有一天打雷了，你就会变成大人，一定要躲起来，不要被雷打着。"

她便天天趴在窗子上，盼下雨，盼打雷。修好的木马又散架了，天和她都是老样子。

可是女孩儿心里越来越坚定，她要长大。她对那条最喜欢的红鱼儿说："要是我能长大，爸爸把我吊起来也不怕，什么也不怕！"

红鱼儿绕着女孩儿打转，女孩儿有点晕，困了，睡着了。

天于是打雷了——

打在水里。红鱼儿给打在地上。

女孩儿醒了。她看见爸爸不见了，红鱼儿也不见了。地上有个扎红辫子的男娃娃。娃娃对着她哭。

她照镜子，她知道自己长大了。

她知道轮到自己当妈妈了。

她一定要管好这娃娃。

生活中有没有意外

西市有一屠户，家中几代执此职业。

屠夫年已五十有五，膝下一女。店还是老样子，通市最有年头的卷帘门，红绣斑驳。自曾祖辈来，户中男丁魁梧壮硕，长子接刀。他是独子，遗传了母亲的精小。结果，屠刀还是注定摆在他长大的路上。

屠夫是小姑初中校友，戴着瓶底镜片，是出了名的书呆子，好性子。去郊游，大伙儿捉野兔玩，他阻止未果，急得说不出话来。家里规矩满了十六该练刀，老屠夫扬着刀套满学校追着他跑，"小兔崽子，你别给我忘了本"。

而立年未成家，生得粗矮的那姑婆给屠夫说了个养猪场的女儿。媳妇块头大，身体壮，干活勤，生下独女，名小英。小英同母亲一样结实，刚成年，读体校。

铺子主要卖鸡鸭，活的，帮你杀好剁好包好，整只带走。媳妇叨了几年："人家心啊肝啊都留着另卖，就你傻，白送人家。""毛烫过，拔几根意思意思就算了，谁像你那么较真啊？""整个市场就你不涨价。"

因此屠夫的客确实不少。

小姑家在市场西，每每路过，远远就嗅到活禽臭味，大伙唯恐避之不及，纷纷绕道走。这屠夫的铺子离小姑家更近，却没什么味儿，也少闻鸡鸭惨叫。

人是越老睡得越少，闹钟现在也用不着，天一亮就醒。阿芳还在睡，那不叫她了，今天我熬粥。

门哗啦一推，只几个乡下阿婆来摆菜。鱼铺肉铺还没开。

前几天刚做了笔大生意，漳州一个学校来定了两百只土鸭。小英昨天打电话得知这事还高兴呢，说让我休息几天，别累着。就阿芳，死活让我再进点货卖。

这手机，怎么又响了。小英也真是，还给我买什么智能手机，我手笨也不会用啊。是新闻啊——禽流感又来了。糟糕！得赶紧把货退回来，那可是读书的孩子啊！

阿芳不知什么时候到我背后，一瞅手机上的字，说："我说你，是不是又想着去找客人退货了？都这么几天了也没出事啊，吃都吃完了吧。行了，你就放心吧，要真出了事，他们还不早就找上门来了？"真是把我摸透了。话说得也有理，这这多年了，市场里我的口碑算数一数二的，从来没出过事。

早上上门的客还这么多，总觉得不太放心。阿芳果然又说："这种时候，往往咱们生意最好做。少做几天生意，换大家好，不挺划得来的嘛。怎么就一根筋。"

老林咋咋呼呼，说什么赶紧卖掉，等卫生局的来了，禁卖，后悔都来不及。这不是害人吗？吃点亏是福，收拾收拾，下午就关店吧。

中午卫生局来人了，背着大箱子到处喷药，本想直接让他们处理掉鸡鸭，阿芳却偷偷跑来让我别出声。那带头的人过来，四下里看过一遍，冲我点点头说："良心卫生商家啊。"便走了。我想追上去，阿芳一使劲把我往后拽，劈头盖脸一顿骂："大舅子帮找了关系，你照卖不误。"

造孽，又走阴的，我心里堵得慌。妈又唠叨"家和万事兴""别老和阿芳对着干，她是好媳妇啊"。罢了罢了，算我生错了人家，欠她们的。

客来买鸡买鸭，也没提禽流感这茬。我一个一个嘱咐他们一定要煮熟，千万不能生着吃。他们都笑呵呵说相信我呢。

吃过晚饭，阿芳点账。来了个电话："您好，是张英的家长吗？非常抱歉地通知您，学校前几天买进一批土鸭，检查得不仔细，三名学生查出了禽流感。张英很不幸，是其中一位……"

久没见小姑了，今日上门。见屠户铁门紧闭，铁笼全空。再一转，市场里活禽铺全关了。小姑呷着茶，摆摆手说："你这几天千万别吃鸡鸭了啊。"

屠夫金盆洗手了，痛哭流涕久跪不起。街坊相劝：人人都会犯错，但求问心无愧。屠夫突然起身，哭着锁了店门。

再不闻消息。

大师

道听途说。

说老家有"红楼"这么个乡，出了个顶呱呱的大师。可不是邪教法轮功，是教小娃娃读书认字的。

红楼是咱这贫困县里的贫困乡，水泥路算是打了几条，田被征了不少，小学办不好，几年才出个读书郎。乡里人记着2008年办奥运会，乡里出了个好青年，出了省读大学，今年回来了。

不仅回来了，还有出息了，要回来报答故乡啊。这位大学毕业生要回来办个学前培训班，专教小娃娃。读过大学，有厉害的学习方法，有文化！在外面大公司上过班，见过大世面，有见识！教了好多城里孩子，有经验！不论你家孩子是刚长牙还是会跑了，到那个机构里去学习学习，能认字读报，还能背文章呢。

这可不是大好事？流汗流血为的啥？不就是供孩子读好书有出息嘛。劝他爸劝他爷，人家谁谁大儿子都送过去了，咱家牛牛也得去啊。多去打点工，省着点买食儿，怎么说也不能耽误了娃儿。人家教书有算人头的，晚去就没位置啦。

热热闹闹把孩子送到了大师家里，坐等回家念报纸给爷奶听。

没报上名的就酸：读书有啥好，出去了以为有出息了，不还是回来这穷地方讨日子过嘛……

乡里有点文化的也效颦，在家里搭起桌子和小黑板，学着大师搞名堂，叫价自然不敢和人家一样高。那些没狠下心的，就让孩子跟着这种老师学，说起来也都是一样嘛。

我，一个刚拿到大学本科毕业证的井底蛙。读了四年大学，到处觉得自己不如人家城里人。虽然在乡里是最好的学生，出去了才知道天高地厚。终于毕业了，终于摆脱这种浑身难受恨不如人的感觉了。找工作上了班，有了工资，就能孝敬爸妈了。

原以为大家都是一张文凭一张嘴，工作机会一样大。居然大家都在毕业前有了工作保障，不是在表叔的公司当助理，就是到自家的店里实习。一份一份简历石沉大海，我又灰心又丧气，觉得前路迷茫不知去向。

只好到一家餐馆打工，起码喂饱自己，不再向爸妈要钱。找好工作，还有的是时间。

爸妈每回来电话，我含糊搪塞，反正让他们知道，儿子在城里呢，挺好的。

打了几个月工，觉得不是办法，我试探地问爸妈，能不能回去当个老师，也稳定。爸破口大骂。也是，他们含辛茹苦供我上学，绝对不是盼着我回去教书。

我放低标准，找到一家小培训机构，当了个小职员，想着踏踏实实干好，也对得起爸妈和自己。但每天无偿加班，兢兢业业一丝不苟的我，业绩永远比不上那些老员工。斗着胆问隔壁的刘姐，结果被训了个劈头盖脸。刘姐说干这行哪里用得着认真，认真就输了，关键是想方设法讨学员欢心，让他们觉得自己的目的达到了，就皆大欢喜了。没有人欣赏一个笨拙认真的年轻人。

我一步一步学着长辈的样子，成了他们口中的聪明孩子。虽然昧着良心，但这种与人平等的感觉，真好。

在机构里待了这么些年，也差不多懂了那些小手段，我有了个大胆的想法……

人说这位大师很神秘，怕教学方法被人学了去，孩子送到门口，大人不准进去。小院门闸一上，里面搞什么名堂，外面人是听不见的。人家厉害，天机不可泄露。做家长的眼瞅着孩子进了门，竖起大拇指。

那么大点娃，才刚断奶，不找妈妈也是奇怪。但大师有法子，能让这些小孩儿跟小学生似的，乖乖坐好上课，听讲学知识。可正规了，七点上课，晚上六点下课。孩子回到家，不哭不闹，饭也吃得多，乖得不行。别说认字，光这点，家长就满意极了。

这位大师心善，晚上到中心公园办讲座，搬个凳子就能听。大师讲教育方法，能教好小孩。乡里人得空就去听，能写字的还拿出小本子，一个字一个字记下来，小学生一般一丝不苟。回到家就用大师的方法教育小孩，每一步都学着来。人们有口皆碑。

平平静静过了一个教程，几乎每个孩子都能认几个字，口齿不清的奶音大有改善。这就有人抱孩子回家了，毕竟学费也不是一两百块的事。留下来的，就接受高级教育。

总是能看见人家门口抱着娃娃的阿嬷，见人就让孩子背诗，赛过城里小学生！红楼人越来越信大师，都拐着弯托关系，把孩子送到大师那里听课。见了大师，一个样地笑脸相迎，忙递烟，麻烦多关照。

大师坐地起价，把学费叫上天去。看他家院子扩了一圈又一圈，墙刷了一遍又一遍，是提高教学环境质量呢。好好好，行行行，大师说的都正确。兜里有的没有的，都掏钱出来，供大师添椅添床。

昧着良心的事总算是干了一大场。差不多了，该收网了。

一转眼这高级教育的教程也结束了，大师说孩子可以领回家了。大师要到外面继续求学，再回来继续回报故乡人。

人们喜滋滋地抱着孩子送走大师。

时间越来越久了，有人发现不对劲。这孩子乖是乖，可是除了念书背诗，啥话也不讲；在家里就坐着安安静静，从来也不出去玩儿；绝对不会犯错，大人不高兴狠狠训一顿，他也不哭不哼一声。

红楼人这才发现，完了完了，狗屁大师！孩子全给教坏了，只会念书，啥也不会了。养在家里，就像块木头。这怎么办？人家早就卷铺盖走人了，带着一家老小，不知道现在在哪里快活着！

红楼人从此有了新信念：孩子千万不要读书，读书能毒人呢。

望海潮

录北宋柳永《望海潮》一段，谨以此文献给我爱恨交织的家乡——

重湖叠巘清嘉。有三秋桂子，十里荷花。羌管弄晴，菱歌泛夜，嬉嬉钓叟莲娃。千骑拥高牙。乘醉听箫鼓，吟赏烟霞。异日图将好景，归去凤池夸。

一

白果对着套上了绣花布套的圆镜梳理头发，罩镜子的米白麻布叠好在一旁。用红皮绳缠起右边的羊角辫，镜中高鼻梁大眼睛的小姑娘模样，开始与脑后双羊角不相衬。白果把脸蛋凑近圆镜子，狡黠的睫毛几乎扑上镜面。捋顺两弯乱眉，白果决心今夜求母亲教她扎大姑娘该有的垂髫。

白果抖平衣裳，吧嗒把木梳拍在桌板，甩着辫子跑出房去。又折回来，轻悠悠收好圆镜，锁上闺房小门，绕到正门忙着给客人盛粿的母亲那里去。秋分刚过，来买卷仔粿作早餐的人一下子多起来。白果在蒸汽升腾中看不清母亲的脸，两只天足一迈差点叫里座曹老伯的锄头绊倒，撑着桌案直起腰来，又碎了只白瓷碗。母亲还没从蒸汽中抬起头来，白果捏起灯笼裤腿，探身抓来笤帚，唰唰几下扫净地上的碎瓷片。

曹老伯扛起锄头打了个饱嗝，自己在账本记上一笔，抬腿要走。没出门，转身冲白果哈哈："果子今天这么慌神，是那个姓林的小子回来了吧？"满座登时哄堂大笑。白果一跺脚，扬着辫子背过脸，举着簸箕想闪进里屋。这时候母亲终于从雾气中腾出一只左手，照白果的头一敲。这个每日早起磨米浆蒸粿的妇人，虽然双手爬满黄色老茧，脸却在每日的蒸汽中白净得不差于十二岁的女儿。女儿白果的明朗五官，也与母亲愈发相似。不怪十里八乡流传，卖粿家的女儿一长开，定惹得镇头村尾专程来买粿，只求在白家狭长的屋子里看上白果上一眼。

白果用一块花布包好打包的米粿，从后门溜了出去。白家的粿店生意好。从田上水上回来的人，端碗米粿淋香酱，往板凳一坐，美滋滋。白果挽起裤管，左手拎着鞋，右手提布包，从田垄上往下跑，顺溜儿向锄地的父亲和其他长辈挨个问好。

渡河口忙碌起来。林二叔从矮胖的红白灯塔里走出来。白果狡猾地绕到灯塔下，河岸另一面。她把布包和布鞋放在身旁，两只脚丫子不怕人笑，在冰凉凉的水里晃荡。太阳还低，风只有一点。白果的身形在天蓝色衣裳的修饰下温婉可爱，她正用溅起的水拍打毛了的羊角辫。

"清早船儿去呀去撒网——"白果湿淋淋的手正面反面在大腿上拍拍，脚丫子来不及甩干了水就胡塞进鞋里。船回来了！这个当儿，白果和岸上的人已经看到吆号子的男人在船头打着赤膊，两脚开立。

"晚上回来鱼满舱！"是林桨学着汉子吆喝，凭瘦高个子硬拳头，一张嬉笑黑脸蛋，挤到汉子身边。林桨昂首挺胸，挥动厚实的双手，目光急切地在青色土色中搜找。啊，她果然来了。林桨痴痴垂下手臂，冲岸上傻笑的小姑娘傻笑。这个头一回出船的小伙子，头发苍黄，像他的个子一样疯长，臂膀和胸膛因为每日拉木锯，精壮无比。岸上的人直往船上瞅，又不忘一边各干各的活，一边交换高见："林家后继有人，好个后生！"汉子黝黑的右臂拎过儿子坚实的脖颈，腰板更直。

二

伏季休渔期刚结束，寂静了三个月的港口开始躁动。林桨双手把着船舷，咬紧牙，两侧咀嚼肌紧绷，看着父亲指挥一众大汉。大家都清楚林桨未来会顶替他的父亲成为船长，包括他自己。自从林家老祖先大手一挥决定定居，规矩就没破过。林桨这次出海，连岸上本地人都有所听闻。究竟是顺当接手，还是让位给二弟？林桨在父亲紧迫又忐忑的目光下，随摇晃的船僵硬站立。

果儿喜欢水是喜欢得紧，但怎么说，果儿也是农民户口，不可能下到船上跟他小子过渔民的日子。先不管别人在背地里怎么骂，果儿妈绝对不同意。当年果儿妈随果儿爸改成农民户口，就跟娘家断了关系，林桨狠不下心让果儿重蹈覆辙。再说，白果儿她怎么想呢？最好的办法大家心知肚明，装晕船，换二弟出海，他便可以在岸上当个造船工，有二叔的小房子，也算过得去。

船驶出港口十个小时，再看不到任何岛屿。远处二号船在浪涛和地平线的夹角中若隐若现。凌晨四时，林桨被徐胖子拍醒。风浪稍小，林桨毛手毛脚跟着长辈换上雨衣，提起家伙，扛缆绳，爬上摇摆的甲板。除了渔船投下的斜斜灯光，海上漆黑一片。父亲走在最前头，边走边下命令。跟在后面的猴子吼叫着朝林桨一群人逐句复述。船在怒海上颠簸，船员向船尾移动检查挂网。林桨原本落在最后，猴子他爸老侯叔从队伍前段折回来，絮絮叨叨安慰林桨，走到他身后护着。林桨不懂在船上如何行走才能自保，被扑上甲板的黑色海浪打得睁不开眼，被老侯叔搂着弯下腰，空出一手抓住船舷，几口气才缓过来。在接近船尾的下网滚筒处，林桨学着父亲匍匐着，免得被翘起的船身抛入海中。

起网，鱼不算少。众人稍作收拾，回到舱里补觉。

父亲喊住林桨，两个人站在甲板上吹咸腻的海风。被汹涌波涛吓得忘了演戏，林桨琢磨着自己表现是否还算可以。想到一路上添的乱子，他不敢回头看父亲，被父亲突如其来的一拍肩吓出魂，差点跌倒在甲板上。"你小子，可以啊，没给你爸我丢脸！"父亲冲林桨右肩重重一捶，又慌忙笑呵呵地揉了两揉，"胆量比我当年是差了点，不过有模有样，没白疼你！"林桨胡乱答应了什么，返航的父亲得意洋洋。

三

渔村人自古以来靠水吃水，船永远跟着鱼群走，所到之处就是家。来到闽南一带，发现海阔鱼多，就用竹子和茅草在荒滩上搭起水草寮棚作长期落脚点。男人出海，女儿们在寮棚里料理日子。这个时候居民吃粮票，农民自给自足，唯有外来渔民靠卖鱼养家。渔人少上岸，倒不是什么传统，只不过自古强龙不敌地头蛇，本地人瞧不起外地人。即便渔村落地近百年了，渔家的小孩还是居民、农民孩子合伙欺负的对象。

由于林家在渔村声望高，林桨倒是很自然开心地长大了。父亲是船长，二叔带领造船叔伯们的子辈上岸造船。母亲不放心林桨下水摸鱼玩，林桨打小就绕在二叔膝头，现在也使得一手好锤子凿子。长子本不该碰造船修船这等活，过了六周岁就得学会赶小海。父亲怜惜心疼儿子的母亲，才放纵林桨不勤练水性，反而和岸上的孩子打得火热，尤其是白家小女儿白果。

船摇进港了，哐当靠岸。白果提起布包，吧嗒着鞋迎去，林桨在人们的注视下冲下船，两人一下子撞到一块。林桨脏兮兮的两手一摊，白果佯装生气，一跺脚，湿答答的鞋飞了出去。所有人哄笑一片，白果噘起嘴盯着林桨。林桨一拍脑袋，忙找鞋去了。

两人坐在浅堤口。林桨甩甩手上的水，往裤腰上一擦，捧起碎花布包着的铁盒，捏着木筷，看着笑吟吟的白果，小心翼翼地戳起一块米粿蘸上香酱，几乎是偷偷塞进嘴里。白果轻轻一推林桨晒伤起皮的肩，嗔道："瞧你这样子！哼，不吃就还给我吧。"林桨一下咽下那口没嚼的粿，把头埋进铁盒里使劲扒拉，然后抬头用手背一抹嘴巴："你妈做的粿最好吃！"白果嫌弃地把手帕丢给林桨，忍不住笑他："我做的更好吃呢！"四只脚丫子在水里相互挠痒痒，细鱼儿围过来啄食林桨脚上被麻绳豁开的口子。

"果儿，你说我当船长行吗？"林桨手撑在地上，把身子转向白果。"大家都说你是好料子……"白果一圈一圈卷起衣袖。林桨抓起她的手："那你，你觉得呢？""当然是当船长好。你看，你是大哥，还有去拉锯子的道理吗？""你也这么想……""桨——别皮了，回家！"林大娘听说儿子平安着陆，举着煎勺从厨房赶到堤上，笑容满面，招呼儿子回家吃饭。林桨一腾身从堤上站起来，扶住起身的白果，"今天尝尝我娘的手艺！"白果弯腰捡起花布和饭盒，"你先走吧，我一会儿还得去田里给我爹送饭呢！"林桨听母亲唤得心急，冲白果嘻嘻一笑跑走了。白果蹲下身，心不在焉，比平常多给包裹扎了几个结。

四

20 世纪 60 年代开始，机动渔船越来越多。过了十几年，现在的机动渔船已经和林家传统木制风帆船吨位相当。最近二叔和父亲夙夜忧叹。林桨第七次出海，六次拉网，除了些许经济鱼苗，其余都是饲料鱼，只能拿去喂大鱼。网不如以前的口子大，现在的网扎得密，鱼虾蟹一网打尽。最后一次起网，打起一尾鲨鱼，已经死了。鲨鱼不值钱，只能按普通杂鱼卖。这回还冲破了渔网，得不偿失。

80 年代开始，林家二叔正式失业。渔民村被迫随波逐流，终于实现了渔船机动化。从 1977 年到 1979 年，短短三年内，渔民村经历了三次渔民逃港，青壮年人口锐减。老一辈直呼丢脸，破口大骂。

离开村子的年轻人说："干不下去了，我和我爹两个人早上出门，第二天才回来，加起来赚不到二十块。""兄弟姐妹五个，全被海吞了，只剩我一人。""新船来回一趟都是钱，不知道柴油补贴什么时候停掉。没了补贴真撑不下去。"

最早上岸的人暗自庆幸："还好打工早，赚得多！"

只有靠原始捕捞方法，"拉山网"六十五年的江老三对林桨说："做渔民多好啊。你看，家门口这个海湾，什么鱼都有。"

祸不单行。开发商打算和政府签合同的消息在渔村不胫而走。几个船长决策，抢在开发商之前，承包下镇上港口沿岸的地和渔场。

近来镇上大兴纳田修路。林桨听白果说，归白家种的地只剩一半，都是红地。居民户口的怎么说都有饭吃，像白家这样主要收入靠庄稼的家庭，拿了补贴也只能温饱。听闻渔民要承包土地，农民怨声载道。政府一向照顾这些外来客，一度传出要把渔民归入居民的说法。拿人家的手短，即便不满，农民还是安分守己。但渔民承包土地的劲头愈来愈强，两方本就不十分融洽的关系变得微妙。渔人下船不上白果家吃粿了，农民不再到港口守着买鱼。男人们见了红眼，妇人教育孩子只能跟隔壁小娃娃玩。

白果从家里偷偷溜出来，但米粿是带不成了。林桨出船更加频繁，两人对午后这段相遇的时光格外珍惜。如旧，林桨爬树采果子给白果，白果站在树下给林桨讲镇上新奇的事情。果子越采越多，故事永远听不够。如果有人路过，林桨拉着白果躲在灯塔里。这次赶在父亲回家前，白果终于开口问林桨："我娘说你们要闹事了，不让我找你玩。我们以后怎么办呀？"林桨对父亲的打算心知肚明，却也无法可支，只说："别管大人的事，我们是我们，我会一直喜欢你的!"两人为此颇感欣喜，浑不知这绝非长久之计。

文件下来了。开发公司的出价很高，但政府已经决定把渔民规划到居民户口，照顾自家人是应该的，林桨父亲拿到了土地证。

渔村从未涉足养殖业。此番决策，毫无经验的渔民大张旗鼓，请来村里资历深的老人，选种引苗，热火朝天。第一季收成颇丰，见势头正好，出船的人渐渐少了。到了第二年，渔村所有木制风帆船、机动船统统卖售，换钱养鱼。

缺地种的农民看着眼红，改行做商人的逐年增多，倒也富了不少人。渔农关系随着经济发展而缓和，白果林桨日益亲近，长辈们也不再为了避嫌，拿他们的年纪说教。镇里一派好景象。

五

"果儿!这儿!赶紧过来!"林桨从树上窜下来，拉起白果的手就跑，跑到小山包上，铺了张芭蕉叶让白果坐下来。"怎么样，他们找上你家了吗? 都怪我，我早该让我爸去提亲!"林桨左手撑在芒果树干上，右手扶着腰气喘吁吁。白果今天被母亲打扮得很漂亮，穿了身水红色的新衣裳。"嗯，我娘答应他们了……""该死! 都怪我!""昨天夜里我娘找我谈，说李飞家里开汽水厂，经济条件可好了，说我嫁过去一定不会吃亏……""汽水厂! 汽水厂有什么派头! 你娘不就稀罕他家的名气吗? 我们养鱼的，从来不像卖汽水的，巴结人!"林桨冲着树干又捶又踹，叶子沙沙响，他们却不觉得好听了，心烦。"不行，果儿，你现在就跟我走! 总有地方容得下我们!"白果直接哭出来："桨! 你不知道我娘，她逼我，要跟我断绝关系呀! 你家渔场明天就归别人了，你娘都气得进了医院，你还跟着闹什么劲!"林桨搬起一块黑石头往地上砸，抱着白果呜呜大哭。

渔场多年来承包给渔村，这月初镇政府突然以渔民长期不缴承包费为由，将渔民村全员告上法庭。这年头上法庭很是新奇，总在家里头作配饭的话茬。日子正红火的渔民万万没想到，上法庭的居然是自己。林家拿出土地所有权证："此次渔民村全员向国土局购买渔场所有权，所有权属于渔村村民集体，不再属于政府。"政府却认为，国土局对这份所有权证的确权和颁发在程序上存在错误和重大瑕疵。"当时确权只走了个过场，没有仔细勘测。如此重大的事一定会在镇党政会议上传达通报，但目前我们没有找到任何会议记录。如此重大的权属确认问题，不可能不通过党政会议，这是常识问题。"镇纪委书记在接受县电视台采访的时候表示，镇政府没有在此份所有证上盖章签字。

愤怒的渔民带上渔网鱼钩冲上信访大厅，冲进县长办公室讨说法。恰巧县长下乡，渔民转向国土局。沟通不成，渔民砸烂国土局一楼大厅的部分设施。

镇政府向法院提起行政诉讼，要求国土局撤销颁发的土地所有权证。而国土局局长答辩时，称此证"程序合法，实体合法"。旁听的渔民却不明事理，见国土局局长忘开麦克风，在旁听席上大喊："听不见！吃国家的饭还吃不饱吗？咋不用喇叭，你们玩什么猫腻！"辩论阶段，法官为了确认信息，问渔民代表："你们渔村人哪来的？"渔民彻底被激怒，揪起麦克风往法官席上砸："你个东西又是哪来的！"

最后，渔民村的渔场所有权被撤销，法院要求村民补上几年来没缴的承包费。政府那边，转眼就把渔场盘给了觊觎已久的某家新兴开发公司。

林桨奔回家，吼叫着命父亲带上彩礼上白家提亲。进门看见父亲和二叔把最后一箱鱼苗送上车，母亲和二婶在门后掩面哭泣，林桨瘫坐在腥味的地上，捶了自己一拳。

六

林家在村里开了个糖厂，后来倒闭了；又召集亲戚开皮箱厂，倒是见声见色。此间白果只收到两封信，林桨托人写的。一封道歉，一封报喜。

李飞家的汽水生意红到了省外。下午刚从深圳谈生意回来，李飞不顾舟车劳顿，没进门就开始炫耀，邻居照旧围了一圈又一圈。白果牵着小女儿迎接丈夫，令保姆把丈夫的行李拿回屋里。李飞乐呵呵，夸张地描绘深圳的大酒店大套房，左手拎着一口棕色镀边皮箱，右手爱怜地抚摸皮箱的纹路。"我这口箱子是真皮的，好几百呢！咱这儿，买不到吧？"众人挤上来摸一摸这真皮皮箱。"是是是，真皮啊，李老板真厉害。"

送走看客，李飞把顺手给白果买的金链子扔到餐桌上，接着爬到床上睡死了。白果无声息地收拾李飞乱糟糟的西服，把箱子拖到阳台晒太阳。拉链旁边有个商标，白果捻开一看，真是凑巧。

白果安顿好小女儿，在丈夫身旁躺下，想着女儿甜甜的笑脸，幸福地睡去。

洞察家

十一月二十日

孤独是人类属性中必不可少的一部分。拥挤的城市和社交媒体却使我们产生永远不必独处的幻想。在精确到秒的无聊工作中，我的眼睛、鼻子、嘴、耳，全被机械的人群挤在只有黑白两色的表格上。所有我听见、看见，甚至我喊出的，只有计时器的"滴答滴答"。

如今他们居然放任我以胃病的名义停止生产，在家蹉跎时光。我冷笑着向黑压压的人群逆向走去，每经过一个人，听到他心脏的滴答滴答，便充满感激。我获得了宝贵的独处。

我爱这般独处，除了母亲敲门进来送水，顺便劝我出门走动之外，我大可以躺在床上看书——不是在公司新职员里广泛流传的成功学——或者花上一个上午，用所有精力思考。人的意义，只能在独自思考中找到答案。

在这十五天的批假里，我将以百无用处、低级趣味的日记，把除了滴答滴答之外的话说给自己听。此间的利，丝毫不亚于高中时期花三天背下的作文套路。至少于我而言，这番思考的结果，必是我别于庸人（诸如长久迷茫却安于一隅之人）的证明。

整个下午我都在窗边坐着，避免听见房间外父母和小妹的吵闹嬉笑。每个人都是只身处世者，所谓家庭团队的组成，不过是世间过客认识到处事之难，向离自己最近的其他过客靠拢罢了。否则何以解释我在这个四口之家中表现得格格不入，更不必说思想，我哪里能够与他们谈及思想。客厅里无端的说笑便足以证明，我将始终如此茕茕孑立。

半个月的假期，在这个令我想疯狂逃离的四方水泥盒子里，我不过是寄居者。我在房间里扎根，因为我实在学不会为让他们发笑的事情发笑。

十一月二十一日

我的身体已经机械化，显然还不知道它的主人今天不必早起上班。从 7 点 04 分突然惊醒之后，我没有再睡着过。从小睡到大的一张床，今日于我如此陌生。不过高中毕业就离家，生分了倒也情有可原。我注意到父亲把床的朝向转了九十度，正对着窗。母亲说风水好。不知道这回是为了我的事业还是姻缘，拜托哪个社区大妈请的风水大师。

只有我的房间窗子朝南。我想起每个早晨侧躺在床上，蜷着身子躲太阳的高中时光。虽然马上入冬了，阳光的照射和母亲晒得松软的成堆被子还是让我燥热不已。我只好坐起来，把垒在背后的三条毛毯甩到床尾（母亲在我的床上堆了两张棉被，还有这三条毛毯）。露出来的一块墙皮还白净，上面有两枚机甲小子贴纸和一个丑陋的洞。（亏我还记得机甲小子。）我用手指探了探那个洞，居然很深，大概是我偷走父亲的什么打孔器捅出来的。里面是什么呢？

洞通到了隔壁 204。

视野范围很好，光线也通畅，可以清楚看到室内大部分情况。

几个月来我头一回感到兴奋。没记错的话，邻居几年前就把房子隔成几个隔间出租了。租客很可能是前天在楼梯上撞见的一家四口。两个女儿头发都梳得油光发亮，楼梯间灰暗得让我发晕，除了黑亮头发，什么也没看清。

这是什么样的一家人？是否像千万个家庭，"所有幸福和不幸都烂在墙的耳朵里"，也在夜晚不得不重新聚在一起，相顾无言直到天亮？我决定一探究竟。虽然偷窥不道德，但我急于了解一墙之隔的四口之家。

十一月二十二日

昨晚我朝洞里盯了半个小时又三分钟，一无所获。清晨醒来，就听到小妹在客厅疯笑。

小妹今年16岁，和我一起在这家里待了16年。一年不见几回面。这次我回家（尽管是母亲执意），她居然不闻不问。我犯了什么病，我是否在家里，她都不知道吧。

父亲在头一天帮我放下行李之后，也不再过问我的情况。母亲每日三次送饭，送饭，送饭。

从某一天开始，我发觉这世界的不对劲。我总是思考，试图找到事情的原因。学生时期，我不曾加入任何团体，譬如围着老师转的学生会，挥舞彩球瞎喊一通的拉拉队。即使众人夸我运动细胞好，我也没有兴趣为运动会浪费半个月时间练跳远。我喜欢自由活动课，可以避开喧闹，爬到学校的小山坡，看操场上一个个白点。他们欢乐地翻滚，簇拥成一团。各类聚会，我向来不屑参加。唯一一次，受母亲的逼迫，我参加了毕业聚会。白点们换上时髦的衣服，女孩们甚至在一夜之间全烫了头发。我走进人群，不认识一张面孔。他们嬉笑举起啤酒，在地上倒作一团，还不忘开某个女同学的幼稚玩笑。我找了个角落坐下，端杯不合群的橙汁，熬过整个晚上。

但后来我在中学毕业留念册上发现一段留言：

"他偏爱沉思，甚至有点过分了。而这样的沉思，终究会是一种懒惰形式。"

是留念册里家长匿名的寄语。我相信这就是写给我的。我跳下床掀开门，决定质问他们，却突然听见墙壁后沉闷的一声"咚"。

一定是隔壁人家的动静。我翻身回到床上。

光线非常好，我清楚看到一个白腻胖子瘫在地上。铺的花砖，我只在卖情怀的清吧里见过。胖子估计喝多了，撞在地上那么一下也没醒。我换右眼对上洞，胖子旁边多了俩女孩，乐呵呵地把他往椅子上抬。是那天的女儿们。两人使不上劲，胖子的肚子被甩得晃啊晃。又来了一细脚女人。女人的拖鞋款式和母亲的很不一样，整只鞋土黄。可能硬得硌脚，走路嗒嗒响。她没有女儿的长头发，发尾又黄又碎。三人咯咯笑，挤成一团。我看不见胖子了。她们大概在给他挠痒痒，因为胖子也咯咯笑起来。

真吵。

十一月二十三日

今日没被太阳晒醒。三四点钟起夜，清醒到天明。整个人陷在三条颜色不一样的被子里，看晚归的车灯，在我的墙上投下光。从左到右，甩过去，又甩过去。街上扫地声沙沙作响，扫得很干净。因为车灯过去，没有秋叶被碾碎骨折的声音。我开门到外面走廊走了一圈。父亲呼噜打得比从前更响，母亲不停地翻身，小妹在磨牙。

我摸索到床上，费了一番功夫，找到那个洞，把耳朵对上去，隔壁的胖子不打呼噜。

一个醉酒的胖子，一个瘦女人，两个女孩，会咯咯笑着互相挠痒痒。早前我和小妹是否也曾在醉得不省人事的父亲头上扎小辫，在他脸上画乌龟呢？在很小很小，小得不知道"我"和"她""他""她们""他们"之分的时候。小得以为人生最大的意义在于中央 19 台的《神兵小将》和楼下面包店甜甜圈的时候。或许我干过这类事吧。

幼年时期我的行为与如今不同，因为我的认知在不断更新。幼年时期的社交几乎只在家庭中，所以行为模式的习得与家庭密不可分。（以前母亲也总说，我的这个那个朋友爱撒谎，家里大人一定素质不高。）但我们的原生家庭随机分配，无法选择。大学分宿舍，即使你的上铺晚上睡觉流口水，你也得忍着半夜爬起来洗四年的脸。家庭和宿舍都是你必须参与的集体。在家庭中，父母会根据自己的行为模式，对我幼时的行为做出表扬或批评。我可能从父母的话语中听不出他们正向的期望，只知道我这么做讨爸爸妈妈开心，我这么做他们不开心，日积月累就形成自我认同，养成行为模式。

但我与父母所处时代不同，也导致思维不同。我的时代，中国开始强调自由。我在这个时代里慢慢有了批判精神。我对自我的认识越来越充分，开始怀疑有着如此行为的我是否真我。答案是否定的。所以我逐渐与家庭脱轨。

我们的生命是如此宝贵，每个人都小心翼翼，生怕虚度。我不愿意永远在家庭给我的行为模式和思维方式下生活。因此我产生各种各样的欲，或者换成心理辅导册里的说法："个人命运感"。我上进，努力，乐观，我制订计划，树立理想。因为尽管幼年时期可以无忧无虑在家讨糖吃，但是未来漫长的路仍然得自己走。

十一月二十四日

隔壁一早就有大动静。

从观察看来，墙后头是隔壁人家的小餐厅。有一张方桌，四把椅子。料子不好，椅背向外凸。真是反人类。

桌子一早就摆上几盘小菜，看不清内容物。女人边摆弄餐桌上的杂物件——摆来摆去就那么些东西，边吊着尖嗓子喊起床。大概喊了昵称，喊名字，喊全名，三人都没现影。

我有点厌了这场景。这让我想起我的高中生活。每个早晨也如此被母亲叫醒，然后刷牙洗脸灌豆浆，同时脑子里演算着睡前没解完的题。父亲也琢磨着股票刮胡子；母亲一边催着我和父亲，一边帮小妹扎头发；小妹挂着泪花背新学的唐诗。所有时间和心思，全受各自的义务支配。

"吭！"我惊得鼻子撞墙。隔壁的女人把碗碎了，粥流一地，白带橙色，地瓜粥。她也吓了一跳，抓起抹布往地上揩。随即两声掀门，门打墙，三人套着睡衣冲出来。俩女孩把起女人的左手右手又捏又按，还翻看了手背，对女人不停叨叨什么。胖子赤上身，花裤衩，晃荡着附在骨头外面的一层厚油，拿来扫帚，夸张脸上的嫌弃，挤开女人，把碎瓷片扫进畚斗。胖子的肚子挨了女人一拳，油又荡啊荡。

俩女孩脑袋搁在桌上又睡死过去。街道还安静的早晨，我贴着墙，几乎想象到其中一个的轻轻打呼。女人食指悠悠地缠转耳后一小缕头发，笑嘻嘻，一手拎起左边女孩的耳朵，往里牵。右边的女孩瞬间机警醒来，反方向溜。胖子往垃圾桶里倒碎瓷，噼啪响，女人气呼呼折回来，夺过畚斗，又往胖子肚子上捶了一拳。胖子哼哧哼哧笑，一脸讨好模样。

不久又是吵闹说笑。

十一月二十五日

今天小妹的学校组织爬山（大冷天的），父亲和母亲安顿好我的三餐，一起去了。

隔壁也无人。

一日无事。

十一月二十六日

我在床上待了整个下午。外面是姑婆，听说我回家养病，喊上三姑一家，带土鸡蛋和一篮当季蔬菜来慰问。母亲说鸡蛋是姑婆一个一个从鸡屁股下头拾的。母亲还说，姑婆来的路上想起保健院的大夫说胃病不能吃凉，只好从系好的袋子里捞出了七条大黄瓜，为此她十分惋惜。提了四回。

我心存感激，但依旧裹着被子装胃疼，向客厅的来客宣称起身艰难。其实我不必演戏，姑婆不介意她看望的后辈是否当面道谢，更不会强行闯进我的房间，掀开被子揭露我。因为她心疼完我，还有众多后辈等着她去送土鸡蛋。母亲说姑婆年轻的时候一直没有孩子，好不容易怀上却没了。小产那天姑婆说送子娘娘给她托梦，告诉她她在人间的任务是关爱儿童，爱所有儿童，把所有儿童当作孩子。所以她自己的孩子，娘娘就先带走了。姑婆以此为乐，一有相识之人生病的消息，她第一时间奔赴前线，将她漫溢的慈悲铺洒大地。

而我，向来不愿意与亲戚长辈们打交道。他们永远有一套雷同的观念，比头皮屑还丰富的处世经验，指点江山的豪情，以及循循善诱的好意。为了确保我唯一可贵的认知力不被同化，我不愿意接受他们一切内容的代际传递。一贯的应对手法是装作傻瓜，傻到借他们的高见也无力回天。

姑婆赶在午饭前走，赶赴下一家。母亲送走姑婆就给我送饭来。我在床上躺久了，胃口不佳。支起床上的桌板，把隔壁的新事当下饭菜。

头一回见胖子穿上衣。浅蓝色的安保工作服。我的脚在被子里还是冰凉，胖子的工作服湿漉漉贴在身上，肥肉层次分明。他笨拙地逐颗摘开扣子，扯掉上衣，套上一件白色 polo 衫，消失在我的可见范围外。

我忘了吃菜，干干扒拉完一碗白米饭。

女人和俩女孩回来了。女孩们叽喳不停，女人的高跟鞋噔噔响，家里一下子热闹起来。女人扶着椅背解下紫蓝色丝巾，疲倦地微笑着注视两个女孩绕桌子打闹，抽张纸巾，抹掉口红。

女孩们叽喳不停。一个女孩被椅腿绊倒，另一个冲地上顺势坐下。两人又嘻嘻笑起来。胖子招呼着端菜上桌，脖子上挂条蓝色斑点围裙，裙摆罩不住整块肚皮。女人散下黄苍苍的碎发，发尾被橡皮绳勒得有些跑形。女孩们从地上爬起来，黏在一起并肩坐下。这个时候我可以看到她们的正脸。左边的女孩瘦一些，五官也精致，鼻尖稍稍往上翘。胖女孩浓眉和扁鼻中间，一对狡黠的死鱼眼。圆脸的女孩把脑袋支在盘子边上，胖乎乎的手伸到半空，被正拉椅子坐下的女人敲回去。真像小妹。

四口人围着方形小桌，杯盘叮当。我在墙这头盯着，几乎闻到小时候放学回家时在楼梯口闻到的诱人饭菜香味了。

十一月二十七日

我头一回听见隔壁传来哭声。这太令我好奇。不是小妹犯了错不敢承认的"呜呜"哭声，而是很有节奏感，每次吸鼻子后面跟着一个"哼"的哭声。

猜中了。是圆脸女孩在耍脾气，她和女人面对面坐在餐桌两头，一边眼泪汪汪流，一边捶桌子蹬椅子。我听见女人语气严厉地训斥女孩，看到的却是女孩一副憋笑到内伤的表情。圆脸的姐妹扮鬼脸，向女人身后溜去，手里骄傲地甩着一大张纸。她被女人温柔地推开。餐桌中间有另一大张纸。多半是卷子。昨夜我偷听见小妹也发了一大通牢骚。

算起来，我回家一周了。小妹居然依旧不闻不问，每日哭哭笑笑到日落，每夜磨牙到天明。

过去这几天，我翻看了房间里能找到的每本书。有不少中学时代人人追捧的新诗集和漫画，真是糟透了。还有些许父亲作为礼物送给我的典籍，是他一本一本照着教育部的推荐书单买的。那时我的书是真多。也许和我爱看书没有太大联系，毕竟那个时候买游戏机的奢望注定不能实现，只有打着看书的名义花钱，才能让父母开开心心掏钱埋单。他们甚至到龙溪路邮局给我订了一本全年段班主任都禁止的杂志，全年。这在当时，几乎和拥有一把红棉吉他一样酷。正是父母不懂得必要的筛选，使无知的我十分抬得起头来。

这是极易理解的。在过去的年代生长起来的父母，没有能力进行知识的甄选。即便从头看来，父母对我的慷慨是一种隐形的伤害，但许多年过去后，我依然有一个少年在众人面前父母给予的骄傲。

十一月二十八日

今日大雨。台风"玉兔"入境。睡前忘了关窗户，半夜后背发凉，也懒得把踢到床尾的被子扯上来。醒来发现身上压了张厚棉被，沉甸甸。窗子关着。

我往床底捞出一本小说，赖在床上。读来乏味，我又睡着了。不多久，父亲来叩门，还是很粗鲁。我说没锁。他终于进来，在我小小的房间里转了一圈，把早餐和一碟阳桃放在书桌上，又端起来转过身注视床上的我，问我要不要他拿个叉子，最终将东西摆在床头柜。我问他今天周几，他说星期天了；他说母亲和小姨去帮外公裱一幅新画；他让我少吃点饭，多吃菜，菜是母亲烧的，饭是他煮的。

他把我的脏衣篓端出去，忘了带门，拖鞋声在外面不停响。

我从床上探出半个身子，伸长手关门。他突然从外面抵住门板，递进来一个小钢叉子。烫的。

十一月二十九日

昨日我读了一天的小说，没读进去。

今早我下床换衣服，发现昨日父亲拿走的脏衣服已经熨平，叠好列在衣柜里。他总是这么一本正经。

从我突然开始故作深沉，不愿与父母小妹一起说笑，甚至故意疏远以来，父亲没有停止他的尝试。起初他还愉快地撞开我的房门，约我下楼打球跑步吃卤面；得意洋洋向我炫耀花一个下午钓到的花鲢；兴奋地往我的书架一摞一摞搬书。每次碰壁，父亲依旧兴致勃勃。但我离开家以后，父亲慢慢变了，不再热情似火，不再勾我的肩揉我的头，说话变得小心翼翼，眼神几乎有些惧了。父亲、母亲、小妹都诚惶诚恐，生怕我烦。我不断伤害众人，母亲温柔地拜托众人别打扰我，别介意计较。

我理智，其实麻木地思考分析每件事情。我对少年时梦想的诗歌嗤之以鼻，我用众多书籍堆砌自己，我高高在上，出世观人间。我说孤独是人类属性中必不可少的一部分，但炽热的情感才是人类属性中最美丽的一部分。人因为矛盾、善良、贪婪、绝望才格外动人。

摔门声，哈哈声。母亲和小妹回家了。我跳下床躲在门后偷看，小妹吊在母亲脖子上问："妈，今天能找哥玩了不？你老不让我们一块玩！"

我撕下日记本一页，揉成团堵住墙洞。

我总说"我"，说"他们"。

忘了自己一直有一个"我们"。

思雨

思雨媚笑。

我和妈妈不自然地端坐在木条椅边沿，盯着伯母甩起的菜刀。刀落瓜开，暗红瓜汁溢出来。

我知道伯母以前杀猪，紧张得不敢呼吸。堂伯沉默沏茶，浇三杯给我们。可能太烫，他把手指塞嘴里含。爸爸一饮而尽。我和妈妈发现杯壁蜡黄，推诿不爱吃茶。堂伯倒掉茶，换白开水。我俩又说不渴。

爸爸把弄茶杯，和堂伯有规律地一句一句来往。堂伯见我们实在不喝茶，索性把铝水壶提到茶几底。他小动作真多，不知道头发里藏了多少虱子，挠得唰唰响。

思雨坐在夹层的木板楼梯上，紫红色的袖子扯得很长，露出手指，依个敲点过短圆的木栏，再倒着一趟。虽然没新剪刘海，熨卷的两撮头发还是遮住了思雨的半张脸。我如果这么干，一定会被打断腿。

伯母把西瓜逐块推到桌前，抓起大腿前的围裙，把菜刀往上抹。思雨一直盯着我的脚。我低下头，尴尬地发现，我的脚尖直接指向大门。

"电视没交钱，怕我偷看。"我们齐刷刷抬头望思雨，她见势不对，扯开一颗橘子色棒棒糖堵进嘴里。

堂伯一个挑眉和撇嘴，哐当一响又拎出水壶要泡茶。

屋子又陷入他挠头的唰唰声里。

"这个人上个月骑电动车把骨头给摔了。"

堂伯接住话茬，望向伯母，一脸感激涕零。伯母眯眼点点下巴。

"对，嘿嘿。断了三根肋骨。"堂伯说着就掀起他的白汗衫。

"恢复得怎么样？要不一会儿和我们一起走，再去查查。"爸爸搁下茶杯。

"哪有恢复啊。这人连拍片子都没拍。就到小卖部拿了瓶红花油。"伯母把菜刀抹得闪闪发亮。堂伯爆发一阵笑声，笑得连连咳嗽。我真怕他再断一根骨头。"拍什么片子？我自己的骨头，手摸就摸得清楚。收钱干活的，哪有我自己了解我的骨头嘛。"伯母把菜刀揣在围裙的兜里，得意地跟着呵呵笑，鼻子被什么东西塞住，呼哧响。堂伯回头瞪了她一眼，又将平眉毛，向我们点三下头，接着笑。

伯母手臂勾住堂伯的脖子，顺势坐在椅背上。两人默契地止住笑声。

妈妈很吃惊："这么严重！怎么这样不小心？"

堂伯和伯母又一齐笑起来。

"载万岁爷去上课，谁让我们偏僻，活该着急摔了嘛。"

思雨从楼梯上发出了珠子碰撞的声响。她的手奇怪地缠在扶手上，露出半张脸，露出她炉火纯青的媚笑。

"万岁爷"指的是思雨。我对闽南语的悟性向来很差。爸爸说"万岁爷"是闽南语，是"我们思雨"。怪的还有堂伯的儿子，思雨的哥哥，他们都管他叫"拜耶"。我还纳闷，为什么女儿是"万岁爷"，儿子就得"拜耶"。他是堂伯与第一任妻子的孩子，和思雨同父异母。

现在的伯母是第三任。除了第一任经村里人介绍，堂伯的后两任妻子都从赌场娶来。第一任妻子自杀去世，喝农药。她去世的时候，堂伯还剩两亩半田。

第一任妻子生的这个儿子，小儿麻痹。亲妈去世，堂伯不懂照料，儿子发烧，腿就瘸了。因为瘸，大家用闽南语喊他"拜耶"，瘸子的意思。每次见他，他都坐在村里篮球场对面的石阶上。球场从来没有人。他每次都记得向我爸爸妈妈打招呼，我爸爸妈妈不叫他"拜耶"，他们记得他的名字，我记不清。

堂伯借赌消愁，很快从赌场娶了第二任妻子——思雨亲妈。轮到思雨出生，就没那两亩地了。思雨没断奶，她妈就和开长途大巴的胖子跑了。

第三任是在牢里认识的。小卖部老板和堂叔都说她最彪，杀过十几年猪。我觉得堂伯的三任妻子都很彪，就凭她们斗胆嫁给堂伯。据说堂伯嘴皮子耍得麻溜，借个钱，放高利贷的女人都向他抛媚眼。现在这伯母带着儿子倒贴过来，还给添了彩电和冰箱，从她前夫那里抢的。

回老家，路上总有人告诉爸爸，"赌猪放出来了。"堂伯说，牢房的床都印上他的名字了。堂伯赌得大，借得也多。赌场，进去了就不怕钱没处借。"手头正上瘾，人家又到面前了，哪有不借的道理？"堂伯的老台词。他借钱不管利息，数字再大也不怵。小卖部老板笑话说，连放高利贷的都不稀罕借他钱。谁都对他那半点田了如指掌。传下来的八亩好地，早糟蹋没了。堂伯家房子木板门有条长裂缝，思雨用花边胶带盖住。她以前告诉我，砍门泼漆来讨债的月月都有，年底特别多。思雨用圆规给胶带开了个口，"猫眼。如果是我爸回来我就不开门。"

人人都嫉妒堂伯红颜知己一个接一个。思雨说，在她家里住过的阿姨比学校的女老师还多。她老笑话她们瞎眼看上她爸，"穷当当的丑老头，头上都没几根毛。"

思雨从小生得黑胖，个子矮，三年级坐在教室第一排，脚还够不着地。暑假结束就长高了，被调到第三排，脚能碰地，没法甩啊甩。她到现在还喜欢爬到高处坐，树、楼梯、高凳子，随便什么都可以。她觉得如此可以假装自己还是小孩，还在三年级，还没有新妈。

黑胖的原因，思雨一直认为是小时候喝的百家奶。所有人都说她长得像她妈，脸蛋一模一样。但她妈白，瘦一些。堂伯在赌场里，男的笑话，女的喜欢。思雨没奶喝，一群女人拔刀相助。恰好生完孩子的给奶喝，没生孩子的帮忙洗尿布。"我爸眼光差啊，找女人光脸蛋好看，个个身材像黑猪，害我喝了奶，也黑猪。"思雨后悔自己喝那几口奶，否则可以遗传亲妈多些，"现在我到局里找我爸，遇到女的都喂过我奶，都得喊妈。"

我其实比思雨大两岁，但从小畏头畏脑，见生就哑巴。思雨一直犀利，敢虎着顶嘴八婆。不好意思承认，小时候我有点崇拜思雨。但她不太喜欢我。思雨家在八婆家后头，如果不绕远路，得从一条比门窄的墙缝挤过去。我们还在这头侧着身子横行，八婆就开骂堂伯不出门迎客。思雨总比她爸耳朵灵，牵两条土狗堵在尽头。我在思雨面前丢尽了脸，狗堵我一次，我哭一次。大人们围过来安慰我，思雨就从校服口袋里掏出几颗芭乐糖赏狗吃。她把糖举在头上，两条土狗尾巴口水一起甩，绕着她转。

宝丰的房子用石头做框架。如果日子只算凑合，就用石头垒整栋房。一些富起来的人家，可能抹上水泥铺瓷砖。这不是建筑风格，纯粹怕水淹。每年五六月份，宝丰发洪水，土话叫"大水"。大水一来，淹到二楼。不垒石头屋，家什全报废。八婆和堂伯两栋石屋，墙外青苔枯死在二楼窗口。水来，它又活。

八婆，闽南语骂人的话。但八婆确实是八婆，是爸爸第八个表叔的老婆。八婆年轻时怀不上孕，讨个女孩，接着一连生了九个。三个男的，老大开小卖部；老二就是思雨爸；老三田大，买了高处的地皮，住小洋楼。女儿四散嫁了。

堂伯的石屋没抹石灰，思雨的奖状糊满整面墙。村校的奖状不规范，手绘的，堂伯一张不落，刷糨糊摁墙上。

我们回宝丰走亲戚，到堂伯家，妈妈职业病，总爱问思雨的成绩。堂伯次次抢着答："万岁爷又第一！"思雨也不谦虚，扭头冲我笑："反正比你高。"

八婆的石房黑洞洞，窗子朝思雨家开，有一点光。吊的还是圆灯泡，牵条花绳，一拽就亮。我很喜欢左边厨房的石井，比我见过的都大。井上装了打水泵，井口青苔很厚。思雨曾指使我爬到井上，我觉得很好玩。八婆知道后把思雨揍了一顿，听说思雨小时候陪八婆洗衣服，差点掉井里去。

瘸腿堂哥和八婆同住，堂伯不让他进门。他过了墙缝，堂伯马上拎一条扫帚砍他。八婆管他吃住，不爱陪他傻聊天。天一放晴，八婆就撺他出门"走走"。他们总希望瘸子走得越远越好，走丢了皆大欢喜。但瘸子拄拐杖走不远，走一阵便得歇。何况他记性好，虽然傻，回家从没走错路。

思雨倒爱找他玩。瘸子脾气很差，村里小孩抢他的拐杖，他跟跄着奔过去打他们的头。思雨也爱抢拐杖捉弄他，他靠在石阶上顺势往后倒。思雨只好扶他起身，他得逞嘿嘿笑。

我一直以为思雨会是村里小孩群的头头，但她没兴趣指挥那群小孩砸别人家玻璃窗，只陪瘸子。瘸子和八婆喊思雨"穗子"。穗子不过是闽南语"思雨"的发音罢了。但我觉得穗子听起来可爱，也和思雨黄色的毛糙马尾辫有几分像。

这些杂事堆在一起，是我从前认为的思雨。

有点讨人嫌，有点狂，瘸子护着她，土狗爱戴她，乡里都说她可怜。

思雨听说我上高中，月初两天放月假。

"我爸也差不多。蹲完一阵子，放出来折腾，再给送进去。"

堂伯在宝丰人人诟病。当儿子娘不认，当丈夫老婆没了俩，当爹没爹样。但他"万岁爷"挂嘴边。我想，他很爱他的女儿，虽然不管顾儿子；思雨应当也爱他。老师布置作文，我把思雨堂伯父女情写得感人肺腑。他们的亲情，似乎在堂伯不停的赌中越发坚不可摧。

后来我发现，堂伯对思雨的倾尽所有不是疼爱，更像愧疚和恐惧。

堂伯的家事全乡人都一清二楚。思雨生在堂伯第八次出狱前，吃村里百家饭长大。八婆当时嫌思雨累赘，待思雨和瘸子没什么两样。对她好，也是她上学成绩好以后的事了。堂伯把思雨接回家住，花了一个多月准备。准备的结果仍然是家徒四壁，只不过费尽心思给女儿买了几套衣服。

我惊叹堂伯的大胆，顶着吃人的债，再赌再借，再借再赌。思雨却说她爸胆子小，"干什么都畏畏缩缩，我刚认识他时就这样。"思雨长到五岁才回家，说刚认识亲爸，确实不为过。堂伯对思雨百依百顺，一如既往。

思雨从小爱胜。大人都叹思雨太懂事，我却觉得她太自负。在这样的家庭里为什么会自负，我倒没想过。思雨最爱提学校的事情。我猜，她成绩好，又有领导范，自信心都是在学校里建立吧。

思雨说小学二年级有一次"六一"儿童节舞会，老师让女孩换上裙子参加。思雨没有裙子，但哪能在这上面输给别人？她跑回家，命堂伯给她买新裙子。那阶段堂伯刚从广西回来。原来，堂伯说要悔过，去打工，但在打工的地方闲不住手，又赌，被遣回来。堂伯兜里没两毛钱，和八婆讨了顿骂，换百来块钱，坐班车到县城给思雨买了条三层的蛋糕裙。思雨从老衣柜里翻出那条裙子给我看，我想宝丰绝对没有第二个女孩有这么漂亮的公主裙。思雨自然又借机在学校出尽风头。

"我爸怕我，要什么给什么。"堂伯在众人的口水中对思雨诚惶诚恐，买糖都跑着去，跑着来。村里人调侃他，他应付说："只有一个女儿嘛。"

在同辈孩子里，我和思雨的学习成绩无疑出彩。堂伯为此骄傲。我爸自然也为我骄傲，但明显不同。堂伯为思雨骄傲，对思雨和她的好成绩小心翼翼。小卖部老板说，堂伯把女儿看那么重，好像女儿优秀自己其他罪过就可以抵消。我听说一个关于堂伯的笑话。前年堂伯初中同学聚会，他二十几年来第一次参加。老同学聚在一起，注定有人发家致富，有人青云直上。一个女同学碎嘴，引来众人对堂伯的讨论。堂伯不说话，猛灌酒。有人见他情绪不对，想法子安慰他，问他两个孩子长得高不高，壮不壮。堂伯抓住救命稻草般噌地起立，"我敬大家！"所有人面面相觑。"万岁爷读书好啊，比你们的小孩都强。"

这大概是堂伯惧怕思雨的原因。他生怕对女儿照顾不周，失去自己劣迹斑斑的人生中唯一值得炫耀的事，唯一证明自己的途径也被斩断。那时只能面对自己的一无是处。

我实在佩服思雨。她和她的父亲一样躁，又对事情看得清楚。她直接告诉我，我写的那篇作文全是屁话，她和堂伯没有一点感情。堂伯也明显不是个意志坚定的人。他在思雨十岁时娶了现在的伯母，喜滋滋忘了女儿。可怕的是，伯母有个儿子比思雨小一岁，堂伯喜欢他。他调皮了，堂伯大笑；犯错了，堂伯发飙。思雨说她终于见到堂伯和其他父亲相似的一面了。

思雨对这件事很抵触。她不吃醋，也不讨厌继母。只是堂伯有了新儿新妻，不再那么恐惧，更心安了，对思雨的依赖少了，百依百顺去而不返。学校老师都可怜思雨，处处帮助她。思雨私下嗤之以鼻，"都以为我伤心呢。我是吃大亏了，丢了摇钱树。"

伯母身材丰腴，脾气暴，改了杀猪老本行，说话还是像猪叫。思雨承认继母对她挺好。家里条件差，堂伯和两个孩子约好，过年一人只得一个红包（瘸子从来不在考虑范围）。思雨这一份，一直是伯母自掏腰包。思雨上初中，伯母找关系，送到县城的学校。堂伯每天骑电动车送思雨上下学。车是伯母买的。堂伯早已打算好，思雨搭班车，省钱又省事。

思雨不在乎"父亲"，她的情感寄托于八婆和瘸子。非要在思雨身上找小女孩的任性和天真，只在她与此二者相处时隐隐作现。

爷爷奶奶辈的亲戚，宝丰只有八婆一个，逢年过节我们必然得登门拜访。说来惭愧，我对八婆最深的印象，除了烟瘾大，便是红包。我们回乡次数少，八婆送我们出屋，一定会塞红包。不一定因为春节或者其他日子，八婆就是爱给我红包。她从棉布外套的口袋掏出来，红纸皱皱巴巴，边塞到我兜里，边叨叨祝福："能吃饭，能长大，能读书。"我觉得好笑，又习惯性地把红包奉还给八婆。八婆马上一脸受伤，但也继续念着"能长大，能读书"，非要我收下才罢休。我每次都不想收下八婆的红包，八婆什么条件，我虽然小，但肚子里清楚。但我从没在来回推让中胜出。

小堂叔有时一道送行，总劝我收下，不要让八婆伤心。八婆的红包不是每个小孩都求得到，她只给我和思雨。

我不信，问思雨，思雨只顾生气，她的奶奶给我包红包。

找到一个机会偷偷问八婆，八婆骂我笨。她说，我和思雨最会念书，我们两个女孩子将来一定最有出路。我以为老人都应该一样，最疼亲孙子亲孙女。我好奇为什么瘸子分不着，八婆气得掐烟，又骂我笨，"他没妈可怜，我分他口饭吃。什么亲孙子，我连儿子也不照。我喜欢穗子，穗子会念书，有盼头。"如果还是思雨，但天天考鸭蛋呢？"那我没工夫管她。活该跟着那头赌猪，长大也一样。"

思雨带我捞螺，讲到八婆。她说八婆头发软，手指又细又长，指甲月牙大，脸蛋和她妈一样白，和她妈一样不留半点优秀基因给她。她问我奶奶年轻时干吗，我说不知道。她很满意，开始炫耀她的奶奶，说八婆是城市户口，读书读到十六岁；身子修长，被挑到文工团；后来嫁进宝丰，还能帮人写信。至于为什么到了这山沟沟，八婆一提就开骂。思雨也不知到底为什么。

从前我只觉得八婆过分严厉，说话难听。现在回想，当年眷恋八婆的思雨，竟只是八婆的寄托和盼头而已。

我们得到八婆过世的消息，回乡奔丧。石屋空出来，淡了烟味。瘸子抱着石屋木门哭得很伤心，眼泪把对联的红墨晕湿，糊在脸上。看到我们，他笑嘻嘻向我爸爸妈妈打了招呼，回过头又继续哭号。我把爸爸推在前开路，过了墙缝，不见思雨和那两条土狗。伯母从后面挤进来，抱个大西瓜。"这么热闹，都闻到我西瓜啦？"她认出爸爸，尴尬地点点头，"老婆子死了哦。"

堂伯开门，请我们喝茶吃瓜。

妈妈忍不住关心思雨新学年的成绩。堂伯淡然，说："女孩子上初中心就野了，一年还拿不到一张奖状。"我们吃惊地看着他一挥手，思雨从楼梯走下来，黄苍苍的马尾变得黑直，温顺盖住两肩。她安静听堂伯训话，没有一句反驳。

我混乱地想：赌博、八婆、瘸子、褪色奖状、砍西瓜的伯母、断了肋骨的堂伯。

我猜我再也听不到思雨自负的坦白，也没有机会了解她如何学会讨好。我有些难过，回过神，想看看思雨脸上是否写了答案。她已经回到木楼梯上，把腿垂下来，得心应手，布置出一个媚笑。

哀乐

我总像这样踢被子。爸爸每夜帮我压好被角，我每日把自己冻醒。不愿意伸出手，用发凉的背一点一点挪被子到身下，我粗鲁地一头砸进被窝。苏醒的大脑从来意识不到往后的十几小时，它会不会因此缺血故障。

我料到闹钟马上会响，响五遍，每三分钟一次。我死命把自己往睡眠里推，却越发亢奋。每一个闹钟响了，我掐在第三个音前停住它，眼睛酸得发痒，任它痒。母亲帮我养成了这好习惯。母亲说越揉越痒，那便不揉。

窗外一丝乐声。

近来常常幻听。当初父母匆匆忙忙赶在年前搬家，便是为了避开居住多年的喧闹街道和每日一吵的邻居。父亲发现我的成绩并未因此提升，追悔砸进房子的钱。母亲偶尔忘记买油盐，怀念起老房子的热热闹闹，父亲却板起脸强调新房子的好来：买的是空气和清静。饭桌上的空气，清静下来。

我近来常常幻听，附近不可能出现锣鼓队。唢呐声频频吹进我脆弱的睡眠里。窗外乐声很淡。我索性下床掀开窗户，冷风带着水汽爽快冲进来，乐声依旧像隔了层屏障，闷。隔了层什么？总不是雾吧。

新年伊始，街上空荡荡。对面悬挂的花毯被收进屋去。父亲喜爱的鸟也不再唱。我倦于思索。新年新气象，就让我背地里做个彻底的懒人。鼻头突然酸痛，它冻僵了。我确定锁过门，肆无忌惮地站在窗前发呆。乐声那么细长，有些熟悉。窗外每棵树上都没有鸟。似乎是——哀乐？

新年不必囿于喜庆。这家人倒是创举。父亲的房间有水声。我迅速关上窗户，把自己套进母亲准备的新衣。我幻想过睡懒觉的日子，但父亲那副失望的表情，促使我每日早起。大年初一是我最想逃避的早晨。母亲一如既往端出一盆生烫韭菜。"小恩，吃点韭菜，长长久久哦。"从前我往自己嘴里塞噎人的韭菜，安慰自己长大独居便解放了，韭菜切了不长久，那更得切。长久什么呢？我梦想不长久。切过的也不必吃了。难道不是母亲的眼泪多年为我续命吗？可惜身体和年龄长大了的我，还是不敢忤逆父亲。父亲每月收缴我的薪水，高瞻远瞩，对我实行"再分配"。

过去就好。

这句话像人生信条一般支持我。幼时父亲为我拒绝伙伴的远行邀约，我想着父亲的面孔，努力安慰自己，过去就好。父亲的专制和母亲的多愁善感给了我懦弱的性格。我并非生来懦弱。只是长期以来，娴熟的自我安慰，成了懦弱。邻居的小孩炫耀他到游乐场的快乐，我安慰自己练完书法有一盒小饼干等着我。我常靠"上了小学就会好""上了高年级就会好""上了大学就会好""工作了就会好"掩饰自己的悲伤。除了父亲每日的号令，幼儿园时期的一幅画一直是我挥之不去的阴影。长辈常调侃幼时的我和表弟。表弟在家里是老虎，出门成绵羊。我恰好相反。幼年的我尚未意识到外人与我的利害关系，在幼儿园老师面前屡次暴露自己。那幅画是我最任性的尝试，给向日葵的背景上了离经叛道的橙色。老师抓着美工刀刮去画布上的橙色，画布的白底逐渐清晰，我清晰的模样，在磨砂玻璃上留下模糊的倒影。

此间我的同桌是个女孩。现在看幼儿园毕业照，确实挺漂亮。她一直以极其丑陋的面容活在我的记忆中。她对我做的事我已经努力忘记。平淡些的往事，是她强迫我在女厕所门口罚站罢了。

我在同桌的虐待与"上小学就会好"的信念支撑下毕了业，按片区划分，我们依旧在同一所小学。一年级入学第一天，我没有在新环境中发现她的身影，觉得我的未来充满光明。

春季有桑，校门口出现一小贩卖蚕。我往家里带回数十只幼蚕，可惜养不大便死了。父亲担心我和高年级的学生胡混，让母亲每日接送我。其实，我连同年级也交不到朋友。我再次遇到幼儿园同桌的傍晚，卖蚕的姐姐送我一撮桑叶和五只小幼蚕。我捧着软乎乎的蚕奔向与人闲聊的母亲，发现母亲身边的女人牵着我那个女同桌。惊恐……我把蚕塞给母亲，假作遗落作业，跑进学校。

许久，我窥见母亲独自在道路对面张望。我故意欢蹦乱跳地走向母亲，母亲张开双手拥抱我。"蚕宝宝呢？"母亲大气地回答："送妞妞了，她说很喜欢。"我面前出现妞妞得意的脸，仿佛回到阴暗的女厕所门口，无助与孤独翻涌袭来。母亲拎起我的背包，牵着呆滞的我，炫耀她为我再次结交好朋友。那天饭桌的内容是教我与同学相处，许多年过去了，父亲和母亲仍为此发愁。

我在呆滞的渴望中结束新年早餐。母亲举着手机向我分享微信群里小侄女的视频，骄傲地评论："和我家小恩一样搞笑呢。"我舒了一口气。我相信小侄女天真烂漫，不像我费尽心思做出愚蠢的举动引长辈发笑。最初我的目的是让父亲开心。每当客人来访，我总能逗得大家大笑。父亲便会调侃我一句："犬子愚拙。"这是父亲对我的高度肯定了。

高中毕业后，我一度十分惶恐。不安的情绪来自长辈的感慨。母亲仍旧翻找出记录我搞笑举动的 DVD，亲戚们却搂着我的肩膀说："现在小恩长大了，不好玩喽。"我当时明白这是每个孩子的必经之路，但那个暑期我收到如此评价后，在父母面前竟手足无措了。父亲也叼着烟，说我虽丑笨但有趣，只在饭后饮茶时，询问我的职业规划。

我不明白父亲究竟希望儿子长大，还是一如既往当他的蠢儿子。但仔细看来，父亲似乎在嘲笑我愚蠢时更开心，一旁的母亲也随之露出欣慰的笑容。反而我在试探中小心翼翼地帮母亲做家务，害母亲落下时光飞逝的泪来。父亲也因此喃喃，儿子像女人家，比傻子还没用。

尝试，真是大代价。我过去常在学校组织的誓师会上喊错口号，一方面是我不认为"勇敢追求梦想"是我应做出的选择。母亲常为朋友圈中孩子们的冒险心惊肉跳，她想象到他们受伤的可怜样子。我也为他们心惊肉跳，冒险之后，会不会面对父亲那张恼怒的脸。

父亲为何恼怒？我对父亲站在房间门口的样子充满恐惧。在无数个幸得偷闲的清晨，我一遍遍思考这个问题。父亲爱在家中嘲讽他某些朋友的孩子，他们往往有父亲眼中拙劣的行为。比如拒绝继承祖业，比如在校外创办地下组织，更有甚者，做了诗人。母亲总在我入睡前吻我，晚安吻后是母亲的悔叹。她始终以为是她的愚笨导致我的无能。她向我描绘父亲对我的期望，如果我是个聪明的孩子，父亲会教我成为一个成功的领袖者。我一直清楚自己并不笨，甚至比同龄人聪慧得多，但我始终不敢露出我的真面目。毕竟，父亲宁愿拥有一个搞笑的傻儿子，也不希望儿子有奇异的思想。我见过诗人，在父亲主办的聚会上，他的父亲向众人半开玩笑地吐苦水。诗人不屑与我们这些同辈为伍，尤其是被众人围住、故意犯浑的我。我多么崇拜诗人，哪怕不曾读过他的一首诗。

母亲见我待在餐桌前，从储物间拎出几袋年货，交代我先到叔父家拜年，他们中午出发。我一脸可怜，母亲向父亲的房抬抬下巴，"游游回来了。"

游游。我捏起三袋红纸出门。我想象到游游身着白裙，乖巧地坐在藤椅上与我叔母聊天。每每见到游游面对我时露出的悲悯神色，我就难以自制地陷入自怜与抱歉。

父亲对朋友炫耀我与游游的两小无猜，青梅竹马。他常板着脸告诉我他的希冀，他希望我喜欢游游。我确实喜欢游游，但我的习惯与父亲的注视，令我从小在游游面前扮演一个滑稽博笑的小丑角色，游游单纯善良地配合我大笑。我在地毯上打滚，天旋地转中看见游游的笑脸和父亲的欣慰。这令我痛苦不已。多么自私的人啊。游游爽朗的笑声，将我一点一点推开。

在街边的店铺全部关张，卖早饭的阿姨也清闲，只有年轻女子穿着红丝裙一路小跑买早饭。阿姨喜出望外，热情地为女子盛粥。我慢慢走近，觉得女子十分面熟。女子利落地束起头发，抹去唇色，在阿姨的小棚子坐下。她们都发现了我。阿姨声音激昂地向我问好。年轻女子喊："小恩!"我紧张地点点头，逃开了。

到游游家会经过中山公园。小舅公每日晨起跑步。今天正月初一，舅公不至于不肯休息。我暗自祈祷。

十分窘迫。我与小舅公正面相近。手中的红纸袋隐隐发烫，我想把它们藏在身后，却不自觉地嬉皮笑脸起来。舅公殷切走来，搭着我的肩说："小恩懂事啦，知道来看望我啦。"我讨厌极了陪他说笑、连连称是的自己，但还在娴熟地插科打诨。舅公接下我的三袋红纸，送我到前往游游家的方向。他心知肚明，叮嘱我好好表现。

我空手进了叔父家。大家都没发现我，叔父在厨房，落刀笃笃响，游游与叔母面对面聊着天。她剪了短发，烫羊毛卷，白绒裙加灰杏色小坎肩，整个人活泼不少。我故意发出很大的声响，脚趾踢到柜角，夸张地嗷嗷叫。叔母哎哟哎哟地叫着跑来，责怪我马虎，帮我涂上药膏。我抬眼望向游游，她笑着。她的眼睛映出我悲伤的神情。

我照计划，绘声绘色地向游游和叔母讲述我如何弄丢礼物。很幸运，游游和叔母配合地大笑。我挨着叔母坐下，帮她择菜期间又故意出了两个岔子。

父亲和母亲准时在五点到访，母亲贴心地提了两袋茶叶作伴手礼。我向来十分感激母亲恰如其分的救场。叔父叔母已张罗好一桌菜，游游抱着新换的青釉瓷碗从厨房走出来。她的白绸裙与怀里的青色相得益彰。我想跑到银河路三号的小店为游游买来老板娘推荐的那枚青色胸针，可以别在坎肩下，最好只在伸懒腰向后仰时露出。

父亲母亲和游游相互打着热切的招呼，母亲接过游游怀中的几只碗，父亲拉开右手边那把椅子请游游坐下，示意我坐到游游的左边。

我和游游趁父亲与叔父激动地讨论他们常年不变的话题，沉默进食。叔母低声询问母亲什么。两位母亲皱着眉头，偶尔发现我和游游疑惑的目光，于是眉目舒展，笑着给我俩夹菜。父亲拎着酒瓶斟酒，他站起身，够不着我和游游的杯子。他挥手命我把杯子递给他，叔母徒劳地劝说几声，叔父高声支持父亲："都大人了，喝点助兴！"我望向游游的眼睛，此刻我甚至有些感激父亲，可是我注定一眼望见游游眼底对我的怜悯。我很抱歉，但我低下头，发出无所谓的得逞笑声，一手两口杯子推向父亲。

这些所有人眼中再简单不过，应该在两三秒内完成的事情，总在我心中走过漫漫长路，再由我深深叹惜着滑稽地做出。举着酒杯。

酒过三巡。父亲打我和游游的趣。大家习惯性地继续咀嚼与下咽。我计算着父亲花去的时间，待挂钟的分针指向三，父亲仍旧兴致勃勃。我暗暗着急，但在座他人都从容地听着父亲无礼的言语，连游游也显得稍有兴趣。父亲突然站起，将两口斟满红酒的酒杯搁在我和游游面前。

"爸爸敬你们！"

我震惊地看着清醒的父亲，我深知父亲酒量颇佳。游游已经端酒杯面向父亲站着。叔母笑着拍我的肩，劝我体谅醉了的父亲。我面前的酒杯似乎无限放大，深红的液体疯狂溢出，流淌，几乎掀起红色的浪，扑向我的胸口。我发觉自己夸张地大口喘着气，终于将求助的目光投向母亲。

我匆匆关上门，身后汹涌的声浪戛然而止。

母亲贴心地坐在身后，代驾发动引擎。

我察觉到母亲欲言又止，我问她：

"妈，肚子还疼吗？"

"不疼，我装的。"

"我知道。谢谢。"

我再次察觉到母亲欲言又止。她先开口：

"你今天怎么不听音乐？"

我紧张地摸索，企图掩饰此刻的悲伤。我抓到一个三角形的塑料板。

"师傅，停车。"

代驾用力踩下刹车。我的靠背被母亲推得向前压。母亲总是如此善解人意，生怕她的一点疼痛烦扰我。善解人意真是人世间美好的品质吗？我从后视镜看到母亲无声地咳嗽，仿佛看见笑脸背后的自己。徒添自己的痛苦。

我感受到母亲对我和父亲无限的爱。我把那块三角形举到眼前。

这是一块没有刻度的刻度尺。

一把刻度尺怎么没有刻度？

我枕着炮仗声入眠，母亲来帮我掖被角。

我闭上眼睛，早晨的哀乐再次响起。我努力把纷乱的声音从思绪中排除。汽车声和烟花的噼啪声顺从地淡了。哀乐，反而愈加清晰，四下安静了，乐声中加入钉木板的敲打声。很闷，就像待在密封的空间里。

房间的门轰然打开，父亲不可能半夜闯进我的房间，我坐起身，一个神似幼时的我的孩童兴奋地直奔我的床。我连连后退，他似乎对我也没有兴趣，扑在床头柜上，抱起五颜六色的贡糖，夸张地大叫起来。

一个女人疯狂地冲向孩童，抱起他号啕大哭。

我不解地看着母子相拥，可我的床边，为何有贡糖呢？

叛逆手记

姐姐打来电话确认明早在民政局碰面的时间，我本打算靠闲聊来打发这漫长无边的夜，但她必须赶在小萌下课前赶到她的学校，以防她不留神被同班的浑小子约到五光十色的舞厅里鬼混。我不得不在心中埋怨姐姐，孩子二十五岁了！她帮小萌联系上这家听名字就不靠谱的公务员考试培训机构后，推掉自己夜间的肚皮舞课程，每日目送小萌走出班级，再不情愿地坐进她那辆亮红色甲壳虫里。想到这里我倒有几分自豪。小正虽说比小萌愚笨（我从不忌讳这么说），我也不曾当个"皇帝不急太监急"的母亲，帮他物色一家所谓百分之八十成功率，而且考不上学费全免的培训机构。但小正靠他乖巧的啃书，比小萌早一年考上了。

现在小正又把自己关在二楼书房弹钢琴。这是我丈夫去世后，小正第一次弹琴。我向来不关心音乐，也不在乎儿子新学会什么曲子，但书房传来的琴声如此悲伤，我几乎想马上跑到小正面前阻止他继续弹下去。但我既然找到了这个本子，便最好往下写。我到底何时中断记日记的习惯？最早在小学时，为了得到班主任语文老师的当众表扬和其他家长在我的同学们面前对我的称赞，我专门骑爸爸庞大的自行车，从镇上新开的精品店中选出最满意的日记本。我至今记得那位严格的语文老师姓庄，也记得那家一开张就倒闭的精品店，名字大概叫……甜甜。以这么世俗的目的开启的日记习惯，后来我坚持多年。尤其在少女时期，我每日脑袋里总会蹦出与前一天截然相反的新奇念头。这些想法在未得到释放与解答前，简直像发酵的面团，疯狂吞噬我脑袋瓜里本就狭小的空间。若我任其野蛮生长，我极可能在某节乏味的选修课上得出我对面前光怪陆离的世界的一个惊人结论。为了避免自己走火入魔，我必须挤出时间，将即将溢出的思绪付诸笔墨，像解数学题那样，在日记本上演算出令自己心服口服的答案。

我大约每年换一本日记本，每本新本子我都会花上相当长的时间挑选。这是我的作风。我可不能容忍我精心营造的一切中，多出一本粗制滥造的本子。现在这本日记本，我仔细从后往前翻阅，可能是大学时期买来的。真该反思反思，明明是日记本，却不出现一个日期。我想起来了，我从参加相亲大会后停止了记日记。母亲一直珍爱我那一摞日记本，我相信她在家中不时会取出其中一本，不无得意地展示给她的玩伴。至于手中这本样式略俗的本子（我决心结婚后审美突变），她大概发现空白甚多，在搬入新房前，收拾嫁妆时，也一齐塞进来了。如今淹没在小正如山的书海中，也不奇怪。

反正这个本子也不会有他人翻看，我也无须遮拦。我不介意母亲读我的日记，是因我连日记也刻意塑造。虽然日记这一形式的文字本该私人所有，有些日记本甚至自带锁具，现在也有以数字密码为钥匙的。但我从一开始便料到，我的日记会为我添一份光彩。众人眼中从小到大一帆风顺的孩子，会因她奇特的日记获得"爱思考、有哲思"的美誉。尽管他们没注意到那不过是懵懂少女的奇思妙想。他们的心情不难理解。为人母之后，小正幼年期每日的新举动都让我惊喜万分。他多学一个词，足以成为我夸耀的资本。若是我的母亲，多学会一个词那便多学会一个词呗。到头来，成人对小孩产生的惊喜之情，不外乎由于他们不曾平视自己创造的生命。幼小生命的成长确实令人感动欣喜，但依我所见（我自然只在自己的本子中作此言论），不足为奇。若受怜爱的婴儿突然撑破开裆裤，拍着人们的肩膀说"爸爸、妈妈"，人们恐怕大叫后悔。

　　我沉浸在小正带来的惊喜之中时，全然抛弃众人心目中的学究形象，只化作一个爱子心切的母亲。我甚至意识不到自己行为的改变，更不必谈对自身的新看法。那一漫长时期的我，得到周遭人群欣慰的评价：总算有个人样，果然该当妈妈。不自知的我正是因为此类评价幡然醒悟，我终日的忙碌，可不是为了体会这种自己厌恶的人生。于是我在产后第一次找回失眠。长期以来，我怀里抱着小正，心里念着小正，一呼一吸皆是小正的婴儿香气，安然入睡。我在一如往常的夜里找回失眠，身侧是丈夫和儿子美好的睡容。当日我在厨房里待到天明，独自。失眠的内容，我已记不清。最后我说服自己，回到床上安静地等待闹钟响起，起身准备三人的早餐。多年的经验警示我，越认真地研究一个事物，越难继续对其保持感情。我惧于对小正和丈夫失去感情，在失眠之后重新成为忙碌而麻木安然的自己。

　　小正不停地重复这首曲子，我一会儿是该上楼看看了。

　　关于这个三口之家的回忆，平淡得无从下笔。近日他们劝我放弃离婚，前后反复的不过是家庭的美满，丈夫的温和，小正的乖巧。"人都死了。"太过善意的说辞。我一刻不停地与人群周旋，居然从不嫌麻烦不嫌累。现在我只当耳边风，但丈夫去世之前，我对人群的意见可以说是……一种叛逆态度。常有人从人群中脱离出来，劝我不要在意别人的评价，然后投身回人群里去。又有人批评我太我行我素，应该听听过来人的建议。不惑之年的我，相对清晰地对自己有了认识。我并非因人群而感到负担，也非一味地与人群对着干。"叛逆"这个词确实适合我。它来自我的中学班主任。两年前我在超市遇见她，她从人群里得知我点点滴滴的消息。她想做出过去的姿态教训我，后来可能意识到我身后的男孩已经是我的儿子，而非二十几年前一起罚站的同伴了，所以十分遗憾地说："你的叛逆期实在太长了。"

我真想为我的班主任鼓掌，她退休已久，还能说出如此精辟的句子。过去的班级里，时时流传着我们记录她每日金句的布皮本子。

我想我有必要简短地解释一下我的叛逆，以防日后捡到我的本子的百无聊赖之人一头雾水。我的父亲母亲都是乐于交际的人，他们总是对每一场聚会兴致勃勃。因为和其他许多大人一样，坐在人群中，以滑稽的口吻向一群人转述另一群人的故事，再向下一群人转述上一群人的故事，可以令他们心情愉快。我于是成了鱼肉。人们聚集在一起，往往需要尽快得出对一件事的激烈看法，以取得相互之间的亲密关系。当一个孩子在场时，她/他的性格、卫生习惯、写作业速度，一定是最得体的开场白。再补充一个关心和不无惋惜的结尾，便是再完美不过的聚会发言。

我对于自己年幼的发现洋洋得意。想方设法在其中找到乐趣。我的前半生大约是如下循环：乖巧地服从人群建议并超出其预期值⇒得到表扬后剑走偏锋，叫人群大跌眼镜⇒接受人群痛心批评并表现优异⇒收到新一轮夸奖，又踏上另一条激怒人群的道路。

我沉溺于这种迅猛的快乐，不惜让自己在两个极端之间往复。看见人群摊开的一张张因切换不止而扭曲的脸，我暗自春风得意。

简短的解释不简短。我必须上楼瞧瞧小正。

小正心情平静，吃了半盆阳桃。他正在擦拭弄脏的外套。我有充裕的时间胡写一气。

年轻时的我有着一套处世之道。我虽摇摆不定，但并非习惯附庸，几乎对自己的人生有了清晰蓝图。比如五十年后的我，将坐在乱而舒心的院子里看漫画；而非被流着鼻涕的孙子孙女牵着手，强行回忆过去。

当我在工作上、人群前如鱼得水时，他们终于绞尽脑汁找到了突破口：我该结婚了。自恃聪明、玩弄人群于股掌之间的我，提前准备了一套应对方案。身边的朋友苦于家中长辈催婚时，我守着引以为傲的手段等待人群开口。当年（大约十六年前），我未打招呼就收拾行李回家过年。我几乎在爸爸妈妈屁股后头催着置办宴席，甚至亲自上门邀请一大家子亲戚。除了日益干瘪的红包，我收到最多的便是亲朋好友们的慷慨夸奖。我照着方案步骤，在日计划上打下一个个勾。此期间，人群始终笑容满面，暂免关心我的工资和假期。

闽南的年一直过到十五。我特意延长假期，家里的客人一批来一批去。日期逐渐后移，我着急了。过年的新衣服妈妈都嫌成熟，却没人明白我的暗示而开口：你年纪不小了，该结婚了。我只好不抱希望，顺其自然。我把酒敬到叔公杯沿下，叔公按着同样面带红光的叔叔的肩膀，起身发言："我今天太高兴了！我们小乖这么乖，明年要是带结婚证给叔公看看，红包一定没问题！"

以为计划失败，本已松懈，叔公让我措手不及。一杯酒咽下去，我恢复机敏。终于送上门来，我得依照计划进行下去。一番宣布不结婚不生子的慷慨陈词之后，一桌人安静地注视我。我正暗喜他们无话可说，酒意却重新回到每个人的眼神里去。我失策了。我趁着长辈们仍带酒兴，翻出补救方案，但也无济于事。

他们什么也不关心了。我在人群眼中只是适龄待嫁妇女，而非供人取乐的小孩了。他们失去对我的兴趣，因为终于把我放在平等的大人位置了。

酒席上，我沉默着消化突然扭转的情形。为了避免不欢而散，也免得大家对我失去哪怕批评的兴致，我恭敬地敬了一轮酒。好在众人皆已微醺，除了妈妈看来有点担心，在座似乎无人将我刚刚的一番话放在心里。

众人散去。我经历了人生中第二个彻夜不眠。第一次是为了次日看日出。几家人相约到海边消暑，返程前一天夜里决定看日出。大人当即送几个孩子上床睡觉，"否则起不来床"。爸爸妈妈则宽容地任我继续玩耍，因为他们认为，孩子们即便早睡也无法早起，不如好好看看难得的海边夜景。我的玩伴抱怨着回房间了，大人们围坐在沙滩上谈天。我爬到他们身后的岩石上，面对咸腥的海风发呆。他们偶尔回过头来，感叹一番："小孩子对美视若无睹呢。"因为我正看似百无聊赖地抠着石缝玩。其实我又陷入了抉择。相反于其他孩子而晚睡晚起，相反于大人们的认为而等待日出，哪个更有趣？我的决定是，相反便得反得彻底。我跑到大人们的话语中间，宣布熬通宵看日出的决定。爸爸妈妈爽快极了，倒是同行的几个阿姨传授起育儿经来。她们顺着话题，指责妈妈长期对我的放纵。妈妈对着我充满怜爱地笑了一笑，听阿姨们为我操心。

爸爸对此却十分骄傲。他开始向叔叔伯伯们分享他儿时在海边的生活。我偷偷爬回那块大石头，观察他们不时望向其他孩子的房间。姓林的叔叔可能想到他百依百顺的儿子，羡慕起我爸爸的有趣女儿来。我见他心不在焉，却向爸爸频频点头，回应道："是很有趣，是很有趣！"

我于是仰面倒在石头上，天空像大理石一样斑斓浑浊。当时的我虽然没有什么地理知识，但也猜到明日的云又浓又厚，太阳也许只有几缕光供我们欣赏。

他们决定回房间休息。姓林的叔叔路过我的石头时，斗志昂扬地告诉我："明天一定有个好天气！"妈妈因吹了一日海风，有些头痛，略感抱歉地往回走。爸爸跨在石头上，给我讲了一夜故事。他讲到他们部队演练，如何用竹竿撑天线、一群人如何挤在一起看一台小小的电视时，我的玩伴们和他们的父母从房间里睡醒出来了。

我觉得天还相当暗，但似乎到了日应该出的时间。爸爸感到遗憾，他说云太厚，我们看不到日出了。但我很喜欢他的故事，比一颗刚刚醒来的太阳更让我开心。他们架起了相机，阿姨们细心地给自己和孩子戴上墨镜。我和爸爸不打算爬下我的石头，反正他们眼前一片混沌，也找不到我们。当日的日出，在我脑海里的印象仅是一个胖男孩的背影。他弓着身，一手把在钢制扶手上，另一手犹豫地抹去扶手下沿那排水珠，颇有恋恋不舍的意味。一直以来我认为那是海风带来的露珠，现在想来清晨不吹海风，估计已经下过雨，是余留的雨珠吧。

今日我再次不眠。楼下的商场开始洗刷大门前的人行道。泼一次水，刷五次地。我漫不经心地纠结，无论哪种选择，实在不过游戏一场。当我第三十三次默数，数到刷子的第六声时，我又做出与当年相同的选择。

早晨时，爸妈得知我的决定，只当作饭前调侃。当我把已经填写完毕的相亲资料摆在他们面前时，妈妈几乎急哭了，抱着我的笔记本电脑，努力找出取消提交的选项。爸爸恨不得像我平时捶他一样捶我一拳，好让他的女儿清醒过来。意识到我的坚持，妈妈低声抽泣，叮嘱我放亮眼睛，爸爸则陷在我的小沙发里，陈述他不再举办，也不再参加亲戚聚会的决定。

我一路顺利地完成了相亲节目的录制，再次出人意料地选择了我的丈夫，而不是各式陌生亲戚们在屏幕后揣测我会喜欢的二号男嘉宾。我心想，又赢了一局。丈夫在节目中表现得体，一身行头也不夸张。他笑谈他走过的穷乡僻壤，主持人夸他行过千里路，一定也读毕万卷书，殊不知他所谓的穷乡僻壤正是我的家乡，是我在中学时期为了顺从写作大流讴歌的山清水秀。

　　然而婚前丈夫陪我回到家乡，丝毫没有曾经涉足的样子，见到柚子树，仍一本正经地惊讶。

　　母亲说我面无表情操办婚事的日子，是她和父亲默默把眼泪流光的日子，以至于她在我怀孕难产之际已经没有泪流，索性放弃几十年来的理性，求神念佛。

　　这期间日子过得太快，快得像每晚我还没播完一首曲子，丈夫就沉沉入眠。我先前非要赢那一局，剩下的烂摊子一天天愈发无法收拾。从小正诞生开始，我就暗自宣布，自己要当一个自由又无情的母亲和妻子。我要回到最初的追求，每天探索新的出格事，从而获得着实病态的成就感。冥思苦想，也许使我变得神情涣散，丈夫以为我太想当好母亲的角色，压力太大。于是他找来成打的励志电影和搞笑视频，每天早晨出门上班前，不忘对我做出斗志昂扬的表情。

　　我一边无视丈夫的鼓励和亲戚们的微信推送，一边试探围观人群。终于意识到人们新的关注点不在我时，我开始对小正动了手脚。我决心培养优质儿童，便频频向小正加压。母亲似乎理应心疼她的孩子，但可怕极了，我沉迷于这场游戏，无法向人们付出感情。我不像姐姐在产后母爱泉涌，只是偶尔对小正的脸蛋心生爱怜。另一方面，我发现人们不吃我这套，他们饭后议论的"虎妈"太泛滥，我实在没有什么亮点。我马上刹车，取消小正所有兴趣班。小正从一年级开始过上被我放养的日子。他曾为此在朋友面前十分骄傲，我也因此成为他作文中可爱的妈妈，以及他的伙伴们喜爱的温柔阿姨。长大后小正却突然向我吐露痛苦心声：除了奶奶逼着学的钢琴，他一无所长，抬不起头。我往往故作潇洒，那便是快乐的代价，也是小正为我的叛逆埋单。值得一提的是，我成功地在人们心中口中塑造了一个独特的妈妈形象。

抓住那只"鬼"

"各位不必惊慌。学校已采取行动展开调查，请积极配合。提供线索者，学校将奖励修身荣誉卡……"烫人的阳光聚焦在主任饱满的额头上，泛起一汪油光。话筒间断地啸叫，充斥我即将失去意识的大脑。上周日被迫参加跳高而扭伤的腰因久立剧烈抽痛，错估天气穿上的加绒卫衣捂得我一头虚汗。咚。我倒了。

医务室里两个新校医就着薯片讨论学校"鬼叫"事件，颇有笑话意味。发现我苏醒，胖校医顶着她的大脑袋，简单熟练地检查我的身体状况，掀开担架床床头的窗帘，交代我多跑步晒太阳，增强体质。

自女生宿舍3号楼传出"闹鬼"一事以来，我已失眠十一天。并非害怕得夜不能寐，我自幼受到优质的唯物主义教育，不相信鬼神那一套。我是刻意熬夜。突然暴露在医务室门口猛烈而充满关怀的阳光中，我又两眼发黑，难以支配躯体行动。摸索着回到教学区，班主任候在走廊。她以善于分析且关爱学生而广受赞誉，不例外地根据种种论据推测出我睡眠不足、精神萎靡，劝慰我说"鬼叫"必定事出有因，并为我提前代笔两张请假条，给予我宝贵的四节课时间好好补眠。

我似乎因为在全校肃穆的晨会上中暑出了小名，颇受宠若惊。平日形同陌路的几个老师同学，相继在我返回宿舍的途中表达慰问。其中一位女同学甚至握住我的手，为我指甲盖上的白色月牙深感担忧。我脸色苍白，眼圈发黑，穿梭过一群跑操结束双颊通红的初中生。嬉闹声里不乏关于"鬼叫"的讨论：有间宿舍阳台多出一条内裤；肥皂表面出现指甲抓痕；出门忘倒的垃圾被翻倒……当他们洋溢的青春朝气与我的呆滞眼神相会，他们立即认出我来，停止恐怖故事的精彩分享，向我投来关切的目光。全校师生一夜之间建立了"革命统一战线"。

我一路绿灯。往常在宿舍区大门口死缠烂打盘问原因的宿管老师也消息灵通，加以班主任签字的请假条，我获准之余，得到了宿管老师一楼至六楼的陪伴同行。她关心我的作息与被褥，向我普及无神论的科学思想，辅导我做心理建设，在楼梯间的光影中散发慈悲的光芒。

我连连称是，送走了宿管老师，锁上门，与外头的鬼鬼神神隔绝，以图清静。恰好手机在桌上震动位移，是妈妈打来电话。"学校安全群发公告了，说什么你们'闹鬼'，还有个小孩吓得中暑了……"我的阵地被彻底占据，整个房间瞬间如传言般阴森恐怖，但我不担心是否真的有鬼来抠我的肥皂。

我从柜子里掏出两条火腿肠，爬上顶楼。昨天中午还照旧空荡荡的顶楼被贴上数张便签条，五彩斑斓。我一路边走边撕，便签上的留言大多是五层高三学姐们的温馨提示：有鬼出没，请勿独行。也掺杂许多恶作剧，用红墨水涂画符咒。原先只属于我的顶楼，如今成为谈鬼胜地，我一时微微骄傲。真难得，那么我的歌单也许有朝一日被人接受。也许"我"也将。直至天台铁门，便签条戛然而止。铁门上赫然"公告"二字，不必细看，我从墙洞里掏出钥匙推门而出。

"喵！"这便是沸腾校园的那只"鬼"了。

猫显然没料到今日我提早派送午餐，它不着方向四处跑，喵喵乱叫。"嘘，闭嘴。"我不希望传言中的"鬼叫"从夜间延伸到白天。已足够热闹。它嗅出火腿肠的方位，贴地爬向我，用嘴和鼻确认后，把火腿肠拱到墙角。遵守约定，它打算屯着当午餐。

我也不必担心它因提早进食，傍晚便饿得狂叫。

猫是黑瞎猫，涉世未深就被母猫抛弃在天台。它的母亲并非残忍，只是心有余而力不足。它的容身之所，是天台雨棚下向外延伸又砌墙封住的一小块空地。足以遮风挡雨，但高墙围成了瞎猫的牢笼。母猫分娩后提供了它一个月饮食，发现它天生眼疾，无法跨越围墙学习打滚、讨食等一系列技能，便弃它而去。粮食不能自给，同学们随即听到了撕心裂肺的幼猫哭声。

上段话净是我的猜想。我不过见它用嗅觉而非视觉寻找我投食的火腿肠，便作出推断。毕竟它的经历不得知，我初见它时，便此番可怜模样。但近来我始终致力于研究它的哭叫所求，兴许并非乞食如此简单。这即是我熬夜的原因了。

我对瞎猫的好奇来自机缘巧合。历史课本提及卢梭的《论人类不平等的起源和基础》，我特意买来用于物理课消遣。还没读到卢梭究竟如何"代表普通人发言、为人民出声、引导大众反抗"，我就已因序章中关于语言的论述浮想联翩。据我凭一心二用获得的粗略认识，与外界隔绝的幼猫应当与原始人类相似地创造语言。首先，它没有句子结构的概念，发出一个叫声即代表完整一句话的意思。其次，它并未与学校猫种群中其他成员取得有效沟通，语言未必相通。可能仅是口音差异，也可能完全不属于同一套语言系统。依据是，我至今未发现任何一只猫对瞎猫的哭叫作出回应。虽然学校素有"猫园"之称。

它彻底独立于猫群，却无法自立。求生的呼喊被人类传为耸人听闻的女鬼凄叫，唯有偶然登上天台散心的我发现它的存在。它与我真像啊。可它终归是幸运的，至少有我为它投食，惺惺相惜。我对瞎猫叫声的百思不得其解以晕倒作为回报，为我带来前所未有的被关注感。新奇又感激。

我应付完猫的嬉戏，回到宿舍。舍友提前下课"哐"地甩门，一屁股坐上桌板，扯开一听可乐猛灌，像个流氓。"叫我们志愿者配合他们学生会工作，到处贴小广告，还搞什么分区部署。"我没有兴趣发问，她自言自语。"还能是什么广告？找'鬼'呗。"她跳下桌板蹭到我面前。"部署就是分区执勤，咱们高一和高二每人一块地，轮班抓'鬼'！"这倒涉及我的利益了。"听说分配划区的是隔壁班生委管，你想要哪块？我帮你搞定。"我当然选了天台，全天。

第二天收到学校分发的小红帽，全员志愿抓"鬼"就此大张旗鼓开始。校园内掀起一股红色浪潮，女生们大多对抓"鬼"行动高度支持拥戴，男生们则私下流行起恐怖故事会，见面互相整理志愿小红帽，以"同志"相称。三餐食堂就餐压力减小了，因为三个时段都有大批人执勤。每周五全校的劳动教育也从拔草、捡垃圾临时调整为大队伍式巡逻。"闹鬼"的紧张氛围被荒诞的大规模行动缓和，女生们也不再谈"鬼"色变，把"闹鬼"事件从深夜宿舍闲谈搬上了晚餐桌面。抓"鬼"行动几乎演化为校园娱乐项目。所有人都期待"鬼叫"背后的始作俑者出现，他在传言中的形象也从神秘黑衣人变作滑稽小丑。

热火朝天，但"鬼叫"依旧不断。第二周原计划终止执勤与巡逻行动，恶作剧之说却失去了传播土壤。短暂的轻松氛围不再，取而代之的版本更令人毛骨悚然，并且愈发盛行。

自上而下端正了态度。心理辅导员组织心理社成员分发心理报，连续开展了三轮心理咨询活动。刚安下心的学姐们响应积极，纷纷从心理室进进出出。食堂外的公告栏夸张地张贴宣传公告，覆盖"本周电影"与"本周新菜"的公示。连门口显示屏也疯狂滚动着引导师生崇尚科学、抵制迷信的红色大字。时事社刊发的校报从每班十份增至人手一份，据说社长与指导老师发动数位校园知名人物发表时评，内容五花八门，目的尽是肃清封建迷信的风气，正学生们的心。舍友回宿舍的时间越来越晚，关于志愿工作量增长的抱怨越来越频繁。走在路上静静的言谈几乎无关"鬼"的可怕，反而随处可见对学校过分重视的严重不满。奇怪的是，既然怨声载道，到底谁担惊受怕，以致学校大动干戈呢？

事件马上走向高潮。作为学校科学理性之标杆的物理社，联合地理组宣布开展调查研究。连我那在地理组名单上凑热闹混了位置的同桌，也被安排调查任务。他们得到批准，在教师会议室三天两头开会，从文印室印刷出一沓又一沓文字材料。我路过时若故意偷瞄两眼，可以见识到三两人学术意见不合而大打出手，其余则劝架或叫好。他们后来达成一致，把阵地转向户外。学校斥资购置了若干不知名仪器辅助科研；圈出三号楼后大片绿地禁止通行；特许调查小组成员因灵感迸发随时离开教室。我从天台向下观察调查组的进程，不过是测测风向，按按计算机，偶尔起点争执。

某日中午我见食堂公告栏新增一张硕大的海报——调查组正式完成论文，证实鬼叫实是风吹凤凰木。下方小字节选论文，论证夜间陆风与白天海风的风向、风速有别，导致鬼叫只发生于深夜。

风吹之论瞬间得到广泛接受。次日晨会，安全主任对此大加褒奖，亲自为调查小组颁发"校园卫士奖"。举校欢腾。

而我每天坐在天台逗弄瞎猫，居高临下注视这群忙碌的红色无头苍蝇。体验过短暂的焦点中心感后，我回到了灰色状态。既然半夜"鬼叫"不再骇人，那阳光明媚的午间"鬼叫"将由什么解释呢？猫饿个几天也无妨。超市阿姨问我怎么最近不买火腿肠，我以医生的劝告为解释。天台上真正受难的瞎猫配合我嗷嗷大叫。

人心又惶惶。

海报被记号笔暴力涂黑后消失于公告栏。除此之外，所有人似乎精疲力竭，学校也无动于衷。执勤与巡逻此时正式告一段落。我的小红帽被回收，将落入明年新一届志愿者手中。猫的耐饥饿能力也突然加强，不屑于喵呜喵呜哭求投喂。我没有得到回馈。

于是我决定翻过瞎猫的围墙，对它下手。我自以为心慈手软，特意查阅相关视频，只不过没有一系列道具。它已经熟悉我的气味，听见天台大门打开的吱呀声不再恐惧。它摸索出讨人类喜欢的动作，无师自通地打滚，如狗一样摇摆尾巴，温顺地舔我的手指就像舔许久不见的火腿肠。我终于近距离面对瞎猫，不再是远远地向它抛投火腿。它舌头的粗糙质感使我寒噤不断。明明最是记仇的猫，对忍饥受饿避之不谈。我任它不知疲累地舔舐手指，等待它幡然醒悟，狠狠咬上一口。它俗套得把我感化了。

我无力地意识到自己仍存亢奋的渴望。找到两全之策，用音响播放网络视频录音，并开始留意身边人对此的反应。初次，唯有在开水房遇见的两个学妹聊及惨叫。后来，视频越反人胃口，我的听众越多。消息终于又一次扩散，我心满意足。

没料想学校效率之高。安全主任闻见风声，立即公布最新结果。称附近老年大学的红歌队每日凌晨三点跑步经过学校，吊嗓子练声。学校已与其协商，他们表示抱歉并答应调整地点。晨会上师生哄堂大笑，无人相信。但会后，再无人提及。

我挫败地爬上天台，瞎猫却无影无踪。我不认为是学校物业将它解救出围墙，更相信它自救而出。为它祝福，为我祝福。这是猫的解脱，也是我的解脱。不知解脱的结果是否面目狰狞。我浑身愉快，甚至参与了宿舍的卧床夜谈，深沉而愉快地睡去。清晨天高气爽，我保持前夜的心情，感到世界焕然一新。两个脸生的学弟向我问好。他们讨论着我感兴趣的话题。"别的不说，真没'鬼'叫了。""但昨晚狗好吵。""而且听起来不止一只。""所以才吵。搞不好打架了。"我随他们走到食堂二楼，门口围着一群人。我心想，改变自己从融入群体开始，钻进人堆。

地上是我的瞎猫，脖子被咬断，一地红血黑毛。面对不算陌生的场景，我胃酸上涌，口腔霎时充斥叫人作呕的腥味。回头一望，我是踏着它的血迹一路走来。

学弟调侃它"真贼，知道跑到食堂讨吃，可惜是个倒霉鬼"。食堂阿姨来不及换上工作服和围裙，拖着扫帚和簸箕。人群为她让开一条路。"阿姨好。""好，散了吧。开饭了。"

他们已然抓住那只"鬼"。

回忆这段荒诞，猫一声一声把我的行为推向边缘。收获是，经过长期熬夜研究，我掌握了它的语言。十分无趣，果真只有求食与求救两种单一语句。分别是"喵——"和"喵!"。

当晚，我起夜听见第三种叫声。

一场关于使命的对话

　　小陆坐立难安。原打算以端正的姿态走完访谈流程，但蚊虫飞舞，不得不挥手抖脚。一只蚊子在他大腿内侧叮起发烫的大包，他趁春芝女士在屋内寻找，以不雅的动作狠狠掐了大腿一把，痛快。小楼的装饰简单粗糙，主人的理念很明确：绿色。除了正对门的一扇彩色玻璃窗，绿色爬满外墙。门口大地色的地毯，毯面起球，托住水珠和湿润的泥土。电视墙上一只突兀相框，玫红色，框着春芝女士怀抱宠物狗的照片。那小狗脸胖，一定是被蚊子咬肿的。小陆心想。

　　他摊平揉皱的访谈大纲，温习步骤。这份大纲中规中矩，毫不出彩，以其写就的通讯也将在校园网站石沉大海。不过，得到这次访谈的机会，小陆确实十分乐意听听这位女士的故事，并解决核心问题：使命，究竟是怎么回事？他起初绞尽脑汁，搜刮资料，希望制作一份天才的访谈大纲，一解心中困惑。但他担心访谈对象——此刻在绿色间穿行的女士——是否如"被采访者们"那样，围绕正义与大爱，官话连篇，空洞无物。小陆寻得一篇她的个人报道，文后附有春芝女士笑容生硬、双手竖起大拇指，身穿迷彩服、身体僵直的呆板照片。小陆肯定了自己的担心。"名字也有那味儿。"

　　她找到一只竹筐，拿出驱蚊灯，弯腰把驱蚊灯拍进沙发右侧的插座；翻得一瓶印有缅甸文字的驱蚊油，递给小陆。那瓶身上佛像环绕，小陆不由得脖子一缩。"很好用。"她坐回藤椅，说道，"如果旅游可以带上。"小陆窘于被一眼看穿，往手心倒了把油，胡乱抹擦脚踝。

而真正见了面，春芝女士带给小陆奇妙的感觉。她显然不是预想中的妇女。小陆从未见过上了年纪的女性有直垂腰间的长辫，轻轻一回头，辫子就甩；赤两只脚，阔步地走。养了花草也不修剪，任它们缺水枯萎、泡水腐烂，喜阴的往屋里靠，喜阳的挤在窗前。枝枝丫丫撬开窗子，雨在地毯上跳。当她坐进这绿色，就是一尊佛。蚊虫和规矩皆对她无可奈何。小陆沉浸在奇幻中，只渴望向她倾诉点什么，或听她揭开世界的一角。她有种令小陆惊奇的特质。"与'使命'格格不入。"小陆思考着。

"我准备好了，请开始吧！"

小陆停止遐思，迅速扫看大纲。春芝女士的工作，在小陆看来，抽象费解。她在高黎贡山度过漫长年月，为环保事业做出巨大贡献，被誉为环保事业使命者。可小陆只能想象她在山林中拾捡塑料瓶、在木屋孤独度日的情景。

他愤愤地想，使命二字岂非害人空耗半生，失去开拓天地的自由，只被定义束缚在一隅？下达命令者、享受福祉者赞誉他完成使命，但使命者当真不感到被操控吗？使命，究竟使谁的命？……疑问亟待解答，但他决定把它们放一放，仍旧照着大纲走。

"您前往高黎贡工作时，曾否感到艰辛与无助？"
又是如此提问。"是的。"
"您是否曾经想过放弃或暂停？"
"是的。"不假思索。
"最终坚持下来，您是否感到自豪与幸福？"
"是的。"
他的提问不是为了解惑，而是希望得到肯定，给自己的推测打个钩。春芝女士因此回忆起高中时期的自己，为了完成社会实践而改编采访记录。他们不是让文字服务于实践，而是要求实际服务于构想了。小陆抬起头，接收春芝女士温和的目光。"都是'是否'判断题吗？没有我发挥的空间了呀。"

既然如此，小陆决定坦白，但庞大的话题让他不知从何下手。"这次与您访谈的机会，陈老师给了我，大概因为我的作文狗屁不通。"

"别妄自菲薄。你的作文说了点什么？"

"主题是使命，文体是议论文。使命的含义太费解，总不是'唐雎不辱使命'这么简单吧？词语的内涵是与时俱进的。"

"那是篇课文？"

"对。课文里使命就是出使者的任务、责任。不合理吧？为此我折腾了一晚上，连物理习题卷都没写，还是得不到答案。《现代汉语词典》说，使命的含义是派人办事的命令，多比喻重大的责任。我又问了大家的意见，但每个人有自己的理解。思来想去，我认为使命糟糕透了。"他刹住车，向她投去询问的眼神。春芝女士依旧期待地注视着他。

"您看了电影《哪吒》吗？'我命由我不由天。'可酷了。荀子也说，制天命而用之。我们讨论的使命自然不是天命了，也许是硬性命令。比如您，您投身环保事业不就是响应号召吗？"他等待一个回答。

"不是的。"但她示意小陆往下说。

"我怀疑使命就是个骗局。用美誉使你们——大家说的使命者们，放弃生活的更多可能性，为了一个遥远的目标付出岁月。结果固然是好的，过程看起来也是美丽的。但放到古代，历史使命感不就是忠君爱国的外衣吗？大家鼓吹着使命，岂不是把重任往别人身上压吗？

"也有本很火的小说,《牧羊少年奇幻之旅》。书评网站说这是一本关于使命的小说,而我只觉得莫名其妙,玄乎得很。

"所以我在作文里批评了歌颂使命、吹捧使命的现象。我认为人们活着,追求自由,不必受使命牵绊。陈老师把作文还给了我,原封不动,让我找您聊聊天。我猜我的观点很荒谬,不符合普遍观点。来之前我做了些准备,看了很多关于您的报道,以及人们对您的赞美。原以为您就是标准答案,但您似乎与众不同,也与我不同。这便更棒,我们也许能讨论出个答案。"

"够费解的。"春芝女士听着,皱紧眉头,此刻又舒笑开来,"你一定看了不少书,说起话来文绉绉。"

"说说我吧。我也想不通,使命是什么。照你说的,我不是被人命令或有什么远大理想,才上高黎贡;而是上了高黎贡,被媒体一报道,引起讨论了,我才知道'使命'居然与我有关。环保事业当然值得我们的付出,高黎贡得到更多关注,这也非常好。只不过,大家把我的工作捧到国家使命、人类使命的高度,确实让我头大。"

小陆觉得这个回答亲切可爱。同时,他想到了那个引起争议的瑞典女孩。"她算不算有使命感?她和您一样热爱环保。"

"我觉得不是。她的出发点很好,可惜成了提线木偶。"小陆咯咯笑了,没注意到春芝女士一撇嘴,摇了摇头。

小陆想到那个说辞:使命就是呼唤你的声音。"那么,是什么声音呼唤着您?"

春芝女士逐渐适应了少年的天马行空。"呼唤我的声音……"若是先前,她会应付了事,马上给出一个公认正确的回答:"为人民谋福利的号召";或浪漫如"冰川融化的声音"。但她沉默了。回想小陆的一番话,又反思自己,自己似乎从未被召唤过。她不曾因谁的命令而勉强自己,也不曾为已选择的路后悔,或为未选择的路感到惋惜。唯有高黎贡雨后的泥土清香、熠熠生辉的蜘蛛网、果子狸新鲜的粪便和足迹与天行长臂猿向远山的啼唱，让她陶醉其中，永不懈倦。

她也希望找到答案。"是长臂猿的呼唤。"

"长臂猿的呼唤？"小陆伸长脖子，重复她的回答，放下准备记录长篇大论的笔，把文件夹抱在胸前。

"叫作天行长臂猿。漂亮极了！"小陆接过春芝女士递来的相册。"看，它们也有白眉，但更淡些。扁脑袋，圆眼睛。身手很好，在树上打打闹闹也不会失手摔下来。这褐色的是东东，米白色的是它的妻子小花，拍这照片的时候它俩还没有宝宝。它们也是一夫一妻，在长臂猿里很特别。一家三四口，整个高黎贡也就二十户左右。一家子吃住行都在树上，不肯下地。你看这腿，比手臂短多了。"小陆饶有兴趣，称它们幸福快乐。"但你看，这是东东的表妹小希，孤零零的。每天东东和小花互相理毛，一唱一和，她就在附近的树上等着。到傍晚，才向四周呜呜叫。长臂猿的叫声可以传到两公里外，但小希从没听见任何回应。"小陆表示不解，它为什么不到别处找找？"生存空间碎片化，地理老师提过这个词吗？山上砍树修路，把森林割裂了。没了相连的树枝，那样一条双行道他们也无法跨越。几年前我们搭建通道，但小希不敢尝试。"一只蚊子在小陆面前来来回回，他把身子又往前挪了挪。"正是小希的困境，让我决意跨越中缅边境，为它寻找另一只长臂猿。"

"这是大家所说的，您的使命。或许这才是使命的真谛吗？"

"我只觉得，为天行长臂猿相亲，这件事非我不可。"春芝女士感到自己的思绪被语言理清了，"而且我一定能做到。"

小陆认为这更像一种信念。他提出，是否可以说，使命有了更广泛的含义。它的出发点不再局限于社会整体，也包括微观个体。不是非要以天下为己任才算是使命，每个人都有自己的使命。

"有道理。更重要的是，它不来自他人，而是发自内心：我就该这么做。"春芝女士补充道。

"真是抽象！也算得到了个讨论结果。"小陆嘻嘻笑道，"您找到了您的使命，这真好。我的使命不知道什么时候来呢。"

"不必担心使命找不到你，你一定会找到使命。"春芝女士哈哈一笑，"才聊会天，我也变得文绉绉了。"她起身从绿色中拿出一本书。"《牧羊少年奇幻之旅》，我也有嘛。你看这句话，我还标红了。撒冷之王说：'天命就是你一直期望去做的事情。人一旦步入青年时期，就知道什么是自己的天命了。在人生的这个阶段，一切都那么明朗，没有做不到的事情。人们敢于梦想，期待完成他们人生中喜欢做的一切事情。'说得很好呀。"小陆点点头。她看到下一句话："但是，随着时光的流逝，一股神秘的力量开始企图证明，根本不可能实现天命。"这就是胡扯了，她心想，把书丢回原处。

互相谢过，春芝女士把小希新家庭的合照送给小陆，并约定再见。她探出窗子，目送小陆奔向伙伴。"使命，使命。"她快活地念叨着，收拾行李，飞往高黎贡。

摆脱苦闷的 10 种方法

　　合租的舍友失魂落魄带上门，爬上昨日前来朱港探望的姐姐收拾利落的上铺。往地上丢下几个快递包裹，没有岂弟老家捎来的炒年糕。岂弟心想不必问那女孩的去向，只问了两句天气，继续摆弄行李中翻出来的 MP3。这只大红色的锐族 MP3 是镇上高中一群人的同款，歌单内容也大多雷同。"我有这么爱听摇滚的日子啊。"岂弟退出文件夹，选定随机播放，但切换几次也都是"新裤子"一类摇滚乐。反正无事在身，踢去最上面一层被子，调高音量。却只觉得躁又吵。

　　不愿意听舍友的抱怨和分析，岂弟在 MP3 里找到了广播电台，预设电台里还留着高中舍友帮他调好的各类频道，一共 7 个。他选最后一个。竟然仍有运营着的电台，广告插播时间。岂弟摘掉左边耳机，舍友又讲起上周日晚餐的细枝末节，把耳机塞牢，没有感情的男声继续介绍"摆脱苦闷的 10 种方法"。

　　"第三种方法，我们可以通过阅读得到安慰。一个个充满苦难又富有希望的平行世界，从你眼前经过，你就会发现，自己面临的……"鬼扯。岂弟回想大学心理咨询室，上海口音的老阿姨推荐的小学课标经典书籍《钢铁是怎样炼成的》，哪有安慰人心的作用？人实在不应该遭受如此苦难。看来往下将要谈论的 7 条方法，也同样平平无奇了。"音乐当然更有直接的效果，美好的音乐总是温暖人心。"这话不赖。"接下来插播一首合适的糖果风，让安静的夜泛起点点星光。"男声终于再次闭嘴。听歌确实药效很快，这是优点，也是遗憾。岂弟在高考前夕曾有两个月靠纯音乐度日，早起听一曲心情舒畅，睡前也凭它暂忘一天下来积攒的压力。简直像个烟鬼。况且曲风对他的影响太大，听抒情就伤感，听爵士就怠惰并茫然。偶尔在周日爬上学校的小山，打算登高听曲，放松心情，最后也因为不停切歌而报废一个下午。音乐，不宜做长期服用的解闷之药。

"出门散步不失为一大趣事。"听见舍友摔门而出的声音，担心自己又得深夜赶往派出所领人，便照广播所说，跟在他身后，出门散步。岂弟眯上眼。

"散步的魅力不在于行走，而是漫步中的奇妙体验。"岂弟拉紧冲锋衣的伸缩领口，把 MP3 和手收回口袋里，又掏出右手塞紧耳机。"放慢呼吸，感受温暖海风的吹拂，把视线从前方的盲道转移到身侧的花草上。"岂弟拢拢刘海，狠狠打了个喷嚏，骑共享单车的孩子惊奇地回头向他望。"看路！"岂弟捂住鼻子冲孩子喊。孩子多半没听清，停车更加疑惑地看着岂弟。虽是非机动车道，而且是单行道，岂弟还是跑向孩子，踹他车灯一脚，把他好奇的脑袋扭向前方。孩子感到莫名其妙，也只好踏车走了。耳机里男声接着诵读广播稿。"除了自然的恩惠，散步途中陌生人的善意……"岂弟这才发现自己跟丢了舍友，又没带手机无法联系，便转身往回走。"心中的苦闷在每个陌生的微笑后烟消云散，只留下美好的回味。"

听来不错。岂弟抬手撸起袖子看时间，放慢脚步，后又干脆倚在河岸扶手，随便把目光安在河床立着的唯一一只白鹭上。"最容易得到的善意，往往来自社区里小卖部的老板。"岂弟不以为然，但心想无事可做，走向路对面的家乐杂货店。他故意进进出出，一边打量电视机后的中年男子。"欢迎光临"的自动语音门来回打鸣，老板不为所动。岂弟没提前做好买点什么的打算，便不自然地在三排矮货架前反复踱步。他眯着眼看不清今年流行的薯片牌子，却把小店的布局掌握于心。

"妈的!"岂弟一惊，不知老板这声愤怒从何而起，紧张地抓起一包物件。他绕过货架，发现老板正揉着被自己拍痛的大腿，手指关节因为弯曲发出轻微响声。"小商店的老板真是热心，下次散步不妨与他打个招呼。"广播继续支招。岂弟由于不知所措，鬼使神差听从广播指引，把手中扁平的白色商品摆上收银台。原来是一包洗碗巾。老板机械地举起扫码仪，脑袋仍闷在电视的大屁股后。没听到"滴"的一声，老板探出白腻腻的肥脑袋，上下瞟岂弟几眼，眼珠子往上一翻，"八块。"岂弟终于找到话题，想问他穿红黑条纹球服的是不是中国队，但看老板无意理睬他，只好付完钱走人。他把洗碗巾对折，试图塞进风衣内侧口袋，又掏出来再次对折才拉上拉链。

匆忙而过的北风和人们，无一注意到岂弟的手忙脚乱。他把为了礼貌而摘下的耳机重新戴上，认为广播节目一定结束了，径直打道回府。但电台编辑似乎正为了年终奖勤奋工作，介绍的无趣方法层出不穷。"没有什么比遇见幼小生灵更值得欣喜，留心观察小区的厨余垃圾桶和干垃圾桶间，也许正安住着这刚睁眼的……"猫咪？岂弟侧身背风，把怀里的洗碗巾撕扯开，留下洗碗巾，包装袋抓在手里，作为接近垃圾桶的许可证。又折回买了两根玉米味烤肠，向老板打听附近的垃圾桶。一出小卖部，送到嘴边的烤肠就坠地遇难，他用竹签从地上扎起烤肠，丢进门口的垃圾堆里。一只头顶无毛的花斑猫先惊恐跳开，又欢欣地迎上来。岂弟加快了脚步。

运送社区垃圾的绿皮人下车，把掉落的垃圾踢到垃圾桶后，又拎起空空的绿桶，确保各个视角都看不到他的藏匿物。岂弟站在不远的后方注视他，他抬头发现岂弟，把桶往地上一按，拍拍裤腿上车，留下一句："都吃挺好，垃圾挺多。"岂弟目送他随着陈旧的车载儿歌远去，留足时间让受惊的猫咪重新回到厨余垃圾桶和干垃圾桶间的间隙。他估计时间差不多了，把第二根烤肠轻放在垃圾桶前。为了让香气更快散发，他又用竹签把烤肠划拉成三截，手一兜，装作散步锻炼的中年人，靠近旁的槐树夸张甩腿。反复几回，也不见哪个米黄色的猫影奔向烤肠。身后推购菜车的婆媳俩拎四袋垃圾交谈着走来。岂弟慌忙抢在前头，也把两口垃圾桶往空中提起来。发现绿皮人把垃圾藏得很好，猫咪把自己也藏得好。婆媳抱怨着分类的麻烦，第一袋垃圾丢进最右侧的桶里。岂弟学绿皮人把桶往地上一按，留下一句："要坚持下来嘛。"

他觉得自己显得古怪，但婆媳俩友好地点头微笑，他这才发现推车里坐着个小眼睛的婴孩。作为回应，似乎应该逗逗孩子。岂弟满是歉意地笑着，蹲下点点孩子的圆鼻头，孩子和大人都配合地笑了。岂弟借由告辞，如释重负。他也希望有机会抱抱哪个小学或者中学同学的孩子，给予未来将要像自己一样长大的孩子一点爱意，但又嫌弃遇见的儿童们，双手难以张开，伸向过去的自己。

他再次向不知疲倦的男播音，以及不谙世事的可爱撰稿人求援。"发现独自散步时太平淡？不妨在公园的长椅上坐一坐。记得不要坐在正中间，闲逛的大伯才有机会坐下陪你聊天解闷。"岂弟得以爽快地向中山公园快步走去。

太阳余晖已然消失，太阳能路灯只亮起两盏，小心翼翼。从暖气房和孙辈中抽身起来赴约的中国老人们，在石桌上铺开纸牌，招呼烧烤摊的小伙子为他们沏茶烧水。岂弟不想又一次显得游手好闲，绕过老人围成的几簇牌局，学着招呼小伙子，实则试图在其中找一处落脚。年轻人规规矩矩向老人们行了茶礼，退出来白岂弟一眼。岂弟没有察觉，按儿时父亲的习惯，说："来二十串羊肉，大辣。"年轻人利落地往烤炉架上向左向右刷油，从地上不知哪只泡沫箱子抓出一把冻肉串，甩在热油上。疼痛的木炭停止嘶鸣，噼啪响着闪起火星。岂弟往后退三步，年轻人把未解冻而连成一片的肉串掀开翻面，油花溅在岂弟的袖口。他没有抱歉的意思，向岂弟挥挥贴着"辣"字的粉末罐，示意："很辣的哦。"岂弟的视线依旧在老人间流转，拍拍袖子，心不在焉地回应："没关系。"

岂弟举着锡纸包好的羊肉串，闻见儿时的香气——儿时也是冻肉，没有对时过境迁、用材黑心的抱怨。老人们的毛线帽、皮帽、毡帽全向着石桌的扑克局低低埋下，偶尔伴随怒骂和大笑，有几顶帽子起起伏伏。一个年轻的身体从帽子群后站起，岂弟以为空出一张石椅，迅速走上前去，但那人一步未动又坐下了。

他发现岂弟的意图："我换冰点儿的位置坐，提神。"下巴向右侧努。"坐。"岂弟趁着余温未散坐下，把半包肉串作为回礼。那人客气地拒绝了，岂弟又劝几回也便作罢，心想也许如今的中学饮食健康知识普及到位。羊肉串很快不烫嘴，肥油再次凝成白色。岂弟解决了肉串，起身丢掉竹签，返回时看到那人的正脸，愁云密布。耳机里音乐插播环节恰好结束，男声响起："怎么样？你也遇见你的忘年知己了吗？"原来自己的身份是帮这高中生解除苦闷的贵人。岂弟向烧烤摊再要了两只烤茄子。

高中生斗志昂扬，抱起相机，向岂弟致谢，仿佛阳光明媚。

"如果没有遇见惊喜，便自己寻找惊喜。到花鸟市场看看吧，也许一只玄凤正等待着你。"广播建议道。岂弟目送高中生不回头地离去，感觉自己并未收获成就感或好心情，刚刚的羊肥油倒开始作腻。花花草草、蛐蛐小鸟，一定需要吸收哼着歌儿的细心呵护，例如需要阳光从而进行光合作用。他不希望一回家撞见盆子里的绿叶子也垂头丧气。"或许想要美妙的拥抱？那么带上几瓶啤酒，去探望今年还未联系的老朋友。以上是今天节目的全部内容，祝各位听众幸福美满。我们下期再见。"岂弟于是把耳机塞进口袋，丢弃另一只口袋的洗碗巾。串门总不好带上吧。他没有太多回忆可供选择，决定与大学的宿舍长见上一面。

他们约定半小时后在阿水卤面店见，那是学生街里为数不多仍经营着的老店。像父亲带着自己见老同学的场景，岂弟心想。老同学往往有急事无法赴约，他便陪父亲听老板谈起"我记得你们这帮小子"。

他猜想阿水卤面的老板娘不会记得自己。上周妈妈打电话说猪肉又贵了。点了一只烤鱿鱼，五块钱不知几两的拍黄瓜，一碗面加一块钱香菜。万事俱备，宿舍长精准地打来电话致歉，还留了岂弟的地址，允诺老家柚子熟了就寄给他。那还有好半年呢。

老板娘热情招呼岂弟端面，不好意思地解释，女儿上大学去了，没人帮着打下手。岂弟点点头表示理解。他发现自己并不因老友的爽约更苦闷，只觉得自己很久没做出真正的表情了。

筷子勺子小碗都在消毒柜，岂弟欲起身去取，一只胖而白的手忽然把一双橙色塑料筷搭上岂弟面前的碗沿。"我妈骗你的，我就是看电视剧呢。"岂弟抬头看见一张顽皮的脸。女孩跑开后，他才发觉面部肌肉似乎不是松垮的状态，而是笑起来了。终究无法避免桥段的俗气啊。

岂弟听见舍友摔门而出，摘下耳机侧身欲睡。收破烂的敲打铁铃声传来，岂弟把 MP3 往早晨整理出的废书堆上一抛，身子探出窗外喊："喂——"

城市潜水

我一边帮妻子查找猪肉相关的菜谱，一边陪儿子写作业。他今年高二，刚刚经历了人生中第一次重大选择，选课，物化地。原因是生物不好玩，而且生物老师印发的卷子最多。我受托辅导他的地理。

"爸爸，地面沉降的成因是什么？"

我下滑刷新了一次微博页面，今晚有双子座流星雨。

"地面沉降我笔记里有。咱们看流星雨去！"一拍即合。

天台有六床被子替人们晒了一天的太阳，没可惜这晴朗的好天气。我和儿子把它们垒在一边，免得螨虫尸体送去的太阳气息被傍晚打湿。天暗得很快，我趁机考了考儿子再过几分钟天黑，答对了。看来我的高中笔记质量不差，也不过时。我们就地躺下。儿子猜到我会让他弄脏他的新外套，上楼前特意换了去年的大衣。

最近一周和妻子夜跑，天空脏兮兮，灰云翻动，像我在卧室失败的墙绘，让人大叫失望。今天的月亮倒是大大方方。

"给你妈打个电话，晚上我来做饭，别折腾猪肉了。"

"猪肉不挺好吗？"儿子接话，"前天政治课，讲猪肉价格上涨的影响。我说我爸公司发了猪肉补贴，不怕涨价。老师还顺着分析了一下，为什么你们公司效益那么好。"

我点头肯定，得意地笑笑。

"说到这个，我地理研究性学习的课题是'高中地理知识在防晒霜产业的应用'。老师夸我的选题实在。我打算好好研究，大学考个地理专业，然后去你们公司上班，领猪肉补贴。"

我们笑哈哈看着一颗流星飞过，一起为他妈妈我妻子许了一个越来越美丽的愿。

我是一家美妆公司的广告策划人，负责防晒霜的广告策划。公司靠婴儿爽身粉起家，五年前开始研发防晒霜。其中一款针对亚洲女性的美白防晒霜让公司站稳了脚，至今仍是公司的主打产品。我的工作则是挖掘它的所有亮点，让它在所有商场专柜里平安常驻。至于儿子提到的猪肉补贴，是公司的特殊福利，奖励我们为防晒霜大卖而熬的夜。听说猪肉补肉，猪脑补脑，猪骨补骨。大概如此一来，哪怕半夜给老板修改广告词，我也能容光焕发、朝气蓬勃吧。

流星划过，孩子们的欢呼阵阵不止。我方才许过的不喝大骨浓汤的愿立竿见影——妻子把汤熬干了。我啃着浓缩了几勺盐的大骨，听妻子恨恨地刷高压锅胆。同事小林发来微信："听说了吗，黑哥牙膏改名白齿牙膏了！"不知所云。我两手黏糊糊，语音输入四个"哈"字。妻子听见，又委屈地抱怨两句。小林似乎着急，转发来新闻报道——《反种族歧视浪潮向美妆界进军》。我连忙吞了大骨肉，舔舔手指，翻看手机。

印度式"神奇美白产品助你走上人生巅峰"的励志广告，再度被推上风口浪尖，转发与评论区多个美妆品牌被点名批评。主打美白面膜的，甚至被群起而攻。相反，黑哥牙膏改名的新闻冲上热搜第三，官方微博下一片叫好。而受到批评的品牌则纷纷发布声明，澄清自己反对种族歧视的坚定立场，解释美白的纯粹审美含义。

哈，浏览一圈，没有任何关于我们公司的负面消息，这就显现出我的高见了。虽说我们的防晒霜也美白，但我绝不至于设计出"美白逆袭"的荒唐故事。突出防晒效能，而不谈黑白优劣，这是避风避浪的要点。不枉我几年来对这个广告的反复修改。安抚了小林，我向妻子吹嘘起我的英明神武。她却关心那些慌忙认错的品牌，是不是要停产整顿，会不会影响她的购物需求。

老板一个电话，我匆忙赶往会议室。会议室气氛凝重，几乎像给友公司和竞争对手开哀悼大会。我默默坐下。几轮激烈的意见交换后，众人最终决定，把"美白"二字从防晒霜产品名中删去。而我，意见执行者，则被告知连夜修改广告的任务。老板指着我的鼻子说："要出奇制胜，缓解产品名称改动带来的损失，又要避开这次风波的攻击。"

我走在街上，踩着咔嚓脆响的落叶。反复修改广告词是我的任务，它似乎简单极了，编出几句话就能领取可观的工资。可我被框在其中，像专司修订的小机器人，做着创造性的工作，却不曾创造出任何新意。老板的命令与顾客的反馈，成了我的唯一指南。但愿什么年月，我也能策划出令儿时的我满嘴流涎的广告来。

道路上摩托车哼哧哧地还在游荡，每经过一个行人就捣鼓出发动机的轰隆声响。前方与我儿子一般大的两个女孩手挽手，步伐轻快。摩托车上前嘲弄一番，女孩挥起伞喝辩："这是雨伞，不能防晒！"更夸张的情况看来就要出现，但我还是如期在次日四点前完成了策划。

两天后，新广告点赞数十分可观，"防晒界榜样""优秀企业优秀文化"的帽子纷纷扣来。我见任务已经应付，心满意足，倒头睡去。半天后醒来，官博竟骂声一片。"防晒即罪"的话题热度噌噌直涨。我再次被召去公司接受新指示。同时，一众受雇于美妆公司的医学专家，也一天两三条地上传科普视频。防晒不等于美白；防晒可以抗衰老、防皮肤病变，这道理多简单嘛。我想和那群叫骂的大吵一架，又想装病装死不再修改广告，但最终坐回办公桌，压着脾气，敲打键盘。或许，为了儿子正研究的猪肉补贴吧。

忙活一天回家，儿子正劝说妻子丢掉防晒霜。我真想问问他，是不是渴望过上白粥配盐巴的日子。他干脆拉上我一起教育，把网上自费的公益广告"晒出你的健康美"播给我们看。"研究性学习课题我也改了。改成'晒太阳对人体健康的益处。'"我瘫进沙发，看行业消息，发现长期以来无人问津的美黑产品也开始大行其道。妻子任儿子在一旁激动演说，默默坐在我身边，掐两下我的肩膀，想说点鼓励的话又作罢，告诉我水热了，洗洗睡吧。

扫地机器人傻气地撞门，音响播着难听的随机音乐，手机震到地上转着圈直响。我制造一切噪音，让自己安静下来。仅仅几天，我从反对种族歧视的支持者，成为恐惧、不解的局内人。我下定决心，决定放手不管。我坐在马桶上，抓瓶洗发露，盯着发呆。这洗发露，居然有黑发功效？算了，白头发长便长吧，免得招来反发色歧视的棒打洗发露浪潮。我把花洒架高，模仿洗发水广告甩头发耍酷的洗头方式，脑袋一歪，耳朵进了水。我单腿蹦跳，敲打脑袋，感到耳朵里的水被晃来晃去，始终不出来。

水汽纷飞，浴霸晕着我的眼，再低头看时，水居然涨起来了。我摸索不到地漏，浑身又似被痛打一般无力，而水安静地升到腰间。我呼喊妻子，才发现浴室外一切声音都无踪迹，水也静悄悄。我跳上马桶，试图往衣物架上攀，它却一下崩坏，使我跌进水里。完蛋，我一个小有成就的男人，今天要溺死在浴室里，只悔恨中学时游泳课没有好好学习闭气。我正一边悲痛地反思过往，一边在水里扑腾，双腿破罐子破摔地乱踹。浴室门竟被我一脚蹬开了。抬头一望，水已然灌满浴室——它为什么不往外流？我顺利走出浴室，水居然淹了整个房间。灯能亮、洗衣机仍在转、扫地机器人不懈地撞击墙壁，我可以睁着眼睛呼着吸。真有意思。我想喊妻子和儿子来瞧瞧，又想到方才匆匆出了浴室没穿衣服，干脆从衣柜里翻出泳裤穿上。如果今后泳裤成了制服，倒不失为一大妙事。

我在水里迟缓行进，像憋久了尿，心里焦急，却迈不开腿。挪到客厅，正纳闷怎么没听见儿子兴奋的哇哇大叫，就看到一派惨象。儿子在水中浮浮沉沉，妻子站在沙发上试图抓住他的腿，也颠来倒去。他漂到墙角，几乎迎面撞上，就奋力一蹬，发射自己；马上调转方向，却逼近吊灯，蛙泳狗刨，无济于事。我得以一展父亲的力量，瞅准时机，奋力一跃，把他拽了下来。

"快讯：我市今日突发巨大规模地面沉降，导致城市潜水……"我和妻子一左一右，把儿子按在沙发上，收看新闻播报。（怪得很，电器全照常运转。）大人能够行走、少年半漂浮、幼儿漂浮的现象在全市出现。我们往儿子小腿绑上两个大号热水壶，他才勉强独立自主，迈一步，弹起一下。

街道上，人们慌慌张张地挪移。鲢鱼、鲤鱼、草鱼，各色各式的鱼在车水马龙间悠闲而过。如果撞上赶着上班的男女，就会被一把抓住，狠狠摔在地上；如果游到老头老太太面前，便被喜滋滋地抱住，塞进菜篮子里。孩子们仍然兴奋欢喜，腿上绑着铅球、保龄球、沙包甚至西瓜。女孩子相互对比着腿上重物的样式，她们总能让一切物件变得缤纷多彩。城市镇定运转，早高峰依旧准点到来，不过公交车上反是老年人给孩子们让座了。儿子的中学不肯停课，他便千辛万苦坐进教室，又排除万难回到家中。把书包和水壶一丢，任自己浮浮沉沉。我接连旷工三天，在家里研究起适合孩子们的行走方法，编造出的扎马步法竟对儿子十分奏效。大商机呀。我若借此怪事当个行走培训员，摆脱广告策划的糟心工作，岂不快哉？

公司大楼黑灯瞎火，我把辞职信一放，打算溜之大吉。盘算为自己的新工作做点宣传，再找几个朋友加盟，用我的行走法子赚点小钱，过上轻松快乐的教学生涯。这时，老板鬼使神差地打来电话，催我提交新一期广告策划案。我慌慌张张，刚要回答"好，马上马上"，又转念一想，工作都辞了，说话得硬气点，便凶道："改不动，不干了！水都淹了，还卖防晒霜给谁呀？卖防皱霜得了。"电话沉默了。我又开始习惯性自我反省：城市潜水这些天，老板一定也睡不好睡不着的，我得将心比心……电话突然爆发出笑声，他火速下达了接下来一周的广告指令，计划本月底推出防皱霜新产品。"一定能大卖。老林，你可真是救公司于水火之中啊，好好干！"我随即被感染，居然忘记了方才的完美计划。于是新的循环开始了。

据说老板当天与所有员工通了电话，大家马上打了鸡血，重回岗位，见了面便互相朗读着不知从哪看来的励志语录。尤其是研发部门，更有部门经理领头宣誓："防皱霜不出，家不回。"我则莫名其妙地被这充斥在楼层间的热血推动着，未曾想明白我做着何事，广告策划也就完成了。同事们前来围观新产品的广告视频，赠予我五花八门的赞誉。我由于率先完成工作，每日坐在工位上接受表扬，然后点头嗯嗯，回以同样一句加油的话。

一语成谶。妻子抱怨起泡水的皮肤。怪事一连串，人连在水中呼吸都自由自在，怎么皮肤不耐水呢？她拍打自己的脸，后悔减了肥，否则脂肪还能撑一撑皮肤，不至于几天内变作皱脸老太婆。街上的女孩成了夏日奇观，脸上戴口罩，脖子缠围巾。人们迎面相遇，问候水温适不适应，接着交换各自防皱的偏方。"都不奏效啊！"妻子继续拍打她已经通红的脸，"这么拍拍还有点效果，你瞧你瞧。"

反美白反防晒浪潮被各省援助我市的报道压了一头。蔬菜蛋肉，自南北运来。地质专家组成各式考察团，在新闻频道每日更新研究成果，成熟的排水方案呼之欲出。大家也苦中作乐，迎难而上，如我一般，谋划着水中生活的新生意。婴儿漂浮牵引绳、负重鞋、水体清新剂，我在超市里晃悠，为我市同胞的创造力暗暗叫绝。行道树不堪水泡，根烂而轰然倒下。花花绿绿的巨型水草被引进市内，几日里拔地而起。它们冲破规划区，抽打疾驰而过的大小车辆；风平浪静时，便整株地倚在邻近高楼上，任地震预警大呼小叫，也纹丝不动。我穿行在草与楼之间，想象空中俯瞰的景象。简直活成微景观里的模型人了。

悄无声息，防皱霜横空出世。女同事们扮作美人鱼，在街头分发试用装。我们被携带在旁，作为演示十秒皱纹消失的活体证据。人们往往不屑地瞧着我们的脸皮，见证奇迹后，马上奔走相告，率亲朋好友冲向零售点。放出的防皱霜几天内销售一空，商场纷纷打来电话，预订下一批货。老板高瞻远瞩，趁热打铁，为前来我市援建的工人和专家们送去防皱的关怀与感激，让热度更上一层楼。我，作为创意人，五十寸证件照被裱上公司大门和厕所门口。开拓创新的老林精神，成为公司新的精神力量。妻子笑话我之余，三天两头向我介绍她的小姐妹，帮她们争取亲情价。我索性搬回一箱。于是，年龄不详、满面春风的小姐妹们络绎不绝，一人一打地抱着防皱霜走出我家门。

儿子也找到了研究性学习的新课题，还转告我，他的政治老师对我公司作为优秀企业典范、为他课程教学提供案例上莫大帮助的感谢。

新机再次到来。负责查看和回复顾客网络留言的小于报告，顾客留言从"灵丹妙剂，救我糙脸"，转变为外地观望者的求购意见。毋庸置疑，这群求购人士并非泡水而皱了脸皮，而是求那青春不老药。我们吃一堑长一智，一朝被蛇咬，十年怕井绳，一一回复"抱歉"。但收件箱越积越满，加上媒体对防皱霜的毫不吝啬、浓墨重彩的赞誉，老板动摇了。货车驶出，出自我手的广告海报奔向全国，卖力宣传。公司的亏损随即扭转，老板紧绷的胖脸也随之舒展开来。

我羞愧于游手好闲，用仕女图的饱满脸庞与几十国色，为每座城市设计了专属广告。研发部门受此启发，依照气候之别，接连推出十余款防皱产品。公司再次以人性化设计为由搏来关注，省电视台派来记者专访。老板与那小头大肚小脚的记者，从设计部门聊到营销中心，相仰着肚子侃侃而谈，介绍企业优秀文化，感慨企业优秀员工，自谦企业优秀领头羊。记者的大头小腰大脚跟班单手捧着笔记本，飞快录入老板的激情澎湃。每当老板扶腰喘气，他就偷偷向记者展示录入字数，直到记者满意地点点头，他才盖上电脑。而问答的两人老派地握手祝好告别，结束会晤。

与此同时，排水施工方案正式形成。我反正不了解其中原理，只见大小机械设备忙碌不停。水位渐渐下降，人们有喜有忧。经营养鸡场的邻居在小区公告栏间欢欣鼓舞，感恩政策，感恩这个省那个市。若外地人恰好说"我就是从那儿来的"，他一定许诺人家几鸡几蛋。老板则再次绷起脸皮，虽然大家安慰他外地市场的火热说明咱们防皱霜水上水下都销路无忧，但他似乎因为优秀领头羊的身份而有所预见，让我着手撤回广告宣传。

我正心有不甘地执行任务，小于又喊起大事不妙。她细细的声线若笑起来，仿佛小女孩般讨大家喜欢；但如今大家听见她的声音从工位上响起，简直发尽上指冠，无不从电脑屁股后头直起身板，四处张望。除了声音刺耳，小于另一大毛病，便是其匮乏的概括能力。"大事不妙，大事不妙！我以为那反种族歧视放过我们就万事大吉，没想到浪潮一波接一波。可是怎么什么浪潮都有呀？卖点化妆品，到处得罪人，咱也没那意思，何必这么上纲上线的……"老板揣着肚子跑到小于电脑面前，我们待他鼠标咔嗒咔嗒许久，肚子一垂，身子一仰，瘫进旋转椅里。这回来了个反衰老歧视组织。

大家一边大骂奇葩，一边安慰老板英明神武，收回广告投放，及时止损。但显然，这个反衰老歧视组织专冲着我们防皱霜而来。他们宣扬着自然衰老之美的理念，批判我们反人类、反自然的生产初衷。数位德高望重的高龄女士受该组织邀请和委托，进行了分享"享受自然老去"心得的直播。小于看完好似幡然醒悟，深痛反思了自己几年来抗衰老工作的错误，扬言今后要让脸蛋呼吸空气、经历风雨，最后成长为"每道皱纹都是一个动人故事"的成熟女性。大家一方面懒得理睬她，一方面又认识到这怪异浪潮的传播速度之快，影响力之大。老板从躺椅中徐徐升起，冷静但沉重地对事态进行分析。他学识渊博，经验丰富，运用了大量专业术语，我像每次开会一般一头雾水，只等结尾下达指令。概括理解呢，大概有以下几个词语：身份与观念的站队、标签化、粗暴的群体划分、具有煽动性的语言、活跃且吃饱了撑着的组织成员。大家"噢"地恍然大悟，向左右点点头，相互肯定；又一起摇摇头，发出无可奈何的"唉"声。

老板胳膊往桌面一撑，脑袋埋在手里。众目睽睽，他终于抬起头来，来回扫视大家。这说明，他也没招了。最终小于解了围，她嚷嚷："敌在明我在暗，我们把这组织负责人揪出来，开直播，当面对质！"大家哈哈大笑，调节气氛，谁也不再发表意见，这个提议便如此通过。

而我自地面沉降以来，意识日渐模糊，穿着公司奖励的特制鞋，却仍飘飘欲飞。接二连三的变故与任务于我而言，听听同事们的怨言与妻子的调侃也便完成通过了。起初我畅想水下生活将走向什么境界，也与儿子探讨这件怪事的来龙去脉。可脑子进水这一说法难道科学可信？我的脑袋外观完整无缺，走起路来却摇摇晃晃，遇见任何事情也束手无策了。会议中我神游在外，企图转动大脑，探索出脱离苦海、背离组织之路。不知何时何人发起了什么民主决策，几十只食指指向我，我居然成为挑战反衰老歧视组织的出头鸟。

老板迅速拟好发言稿，摆在我面前；小于凭借其混迹互联网的多年经验，立即与组织者约定辩论时间；公司里堆积的种种粉末液体，也物尽其用，在我脸上叠加堆砌。我被安置在老板心爱的转椅上，大家盯着秒钟，十几个闹钟一齐响，老板一推转椅，我被转到摄像头前。

我语言清晰，表情镇定，面带微笑而略微皱眉，朗诵着老板的精彩文稿。弹幕一时被深深说服，五彩的"保护"在屏幕中我的脸上列队而过。对方学生模样，是个女孩，头发高高扎起，眉毛上扬，眉心大概因刚挤破青春痘而发红肿胀。她全程脱稿，逻辑严谨，先论证了衰老的必然性和自然美的重要性，再对我方防皱霜之企图、之功效、之恶果提出质疑。同样一片叫好，暂时平分秋色。这一过程中，老板不停传来纸条，教我何时点头肯定，何时严肃凝视。我眼花缭乱。

进入万众期盼的自由辩论环节。对方连抛几问，绵绵无力，我在纸条提示下一一解决，获得倒向性的支持。她马上摆出七七八八的统计数据，热泪盈眶地简述援建队伍之辛苦与我公司之不问国计民生、从中牟利。我们则展示了老板向援建队伍赠送物资的珍贵合照，证明我公司之责任担当。我与对方礼尚往来，锱铢必较。同事们传纸条的、打手势的、作唇语的都筋疲力尽。我作为传声筒，只略微口渴，腰因久坐略微酸痛罢了。对方似乎思维敏捷，提问与反击皆游刃有余，兴许也有一大帮人出谋划策呢。围观的人们兴致不减，叫好叫骂切换自如，每当一方稍显犹豫，他们就兴奋不已，下各种注，赌接下来谁赢谁输。

偶尔，对方的凿凿论据竟让我受益匪浅，那往往是公司营销或生产的细枝末节。也许只有反驳的欲望，让人静心发掘事件。她持续发力，我嘴上辩驳，心里赞同，不知不觉倒向敌营。突然她仿佛蓄力完成，语调上扬，声音尖刺，双手撑起上身，冲镜头喊叫，宣布揭穿我们连夜抽空地下水、蓄意制造地面沉降以灾发财的阴谋。弹幕一片"真的吗不会吧"一闪而过，但随着她指着镜头飙泪大骂我们草菅人命漠视自然，随着我的嘴巴由闭到张再到大张，屏幕上便是终于散场的欢呼了。

老板一把扭过转椅，他的眼睛和鼻孔冲我瞪得圆大，那张嘴极速开开合合。幸亏这城市潜了水，他鼻孔哼哧哼哧的气流在水里可见不可及，口水也化在水里而不是我的脸上。身后大家不知是对老板东扯西拉，还是互相撕扯。小于扑上会议桌，挥摆双臂，瓶瓶罐罐扫落一地，白纸碎片纷纷扬扬。三五个女同事大呼小叫地冲过去挽救烂局，几个男人边往外走边互相指着鼻子大骂。玻璃门被反复摔与踹，我的五十寸大画像"咚"地坠落下来。

我的右耳又进了水。我用力一拍，双眼发黑。再清醒时，就站在艳阳之下了。环顾四周，城市像泡在奶中一样洁白灿烂。身旁是老板摩挲肚子，和蔼可亲。他说："老林，你简直是天才。防蒸发霜，咱们说干就干！"

◆

延长的念头

◆

由《剧院风情》与《包法利夫人》
比较分析毛姆与福楼拜

　　《剧院风情》（以下简称《剧》），是常以严肃作品示人的毛姆少数带有喜剧色彩的创作之一。毛姆在此书中，几近以女性视角解剖人物心理，塑造朱莉娅这一"大众情人"的形象。因与福楼拜的《包法利夫人》（以下简称《包》）有颇多相似之处，故将二书一齐讨论。

　　从人物典型性入手。《剧》的主人公朱莉娅与《包》中的包法利夫人，皆为有一定社会地位的貌美女性，并且美而自知。拥有演员身份的朱莉娅，自恃才华横溢；包法利夫人则是受过贵族教育的农民女性，处于中间地带的包法利夫人颇有些追名逐利，对书中部分角色带有蔑视意味。如此设定，福楼拜认为，包法利夫人具有 19 世纪中叶法国富农女性的普遍特性。两位作家为两个人物安排了相似的生活状态：对平庸的丈夫抱有期许，恨其不争；几次陷入年幼于己的情爱无法自拔；重视物质，喜好塑造想象中的身份与生活（尤见于演员朱莉娅的"角色扮演"）。以常见的评价"包法利主义"与"大众情人"来概括两个人物亦无不可，但相似的人物设定并没有走向相同的结局。朱莉娅在毛姆笔下，因艺术找回真我，得到救赎与升华；生活、精神双堕落的包法利夫人则被福楼拜最终打下消亡的句号。

　　就两部作品的风格而言。为了塑造朱莉娅与包法利夫人的形象，毛姆和福楼拜都对两个女性角色的繁复精致生活进行了细致入微的刻画。尤其两个人物忽陷于爱情，愈发在意装束与生活质量时，毛姆和福楼拜更花了大量笔墨营造气氛，文字节奏也随之加快。当然，是两位作家共同的的资产阶级身份，使他们有精雕细琢的功夫。风格上的共同之处还表现在两位作家的戏谑口吻上。两部作品皆采用全知视角进行叙述，除了对主要情节的描写，毛姆与福楼拜都大方地对自己创造的人物略略嘲弄。这类文字常出现在两部作品大段落的后部。如此，作者便与故事产生了距离感，也就是福楼拜所追求的"将作者自己在作品中删除"。不至于出现部分日本作家常表现的，因用力过度、入戏太深，导致自说自话的情况。而是始终保持理性，不以情感为故事发展的线索，纯粹靠情节推动故事发展。

创作理念上，毛姆与福楼拜其实有颇多不同。福楼拜向来以重视形式和风格著称，他的理念"客观而无动于衷"与"无个人性"在《包》中表现得淋漓尽致。完美主义的福楼拜追求用词的精准，追求亲身体验。《包》一书中，福楼拜提及的饰品、菜肴、地名，以及医学专业术语，均有考据。他在一次信件中说："思想越是美好，词句就越是铿锵，思想的准确会造成语言的准确。"又说："表达愈是接近思想，用词就愈是贴切，就愈是美。"故事取材上，福楼拜曾言，希望创作没有外部联系、无主题的独立的书。

相反，毛姆喜好分享故事。文艺圈的逸事常出现在毛姆文中（尤其《寻欢作乐》一书）。文艺圈的相关人物也往往成为毛姆的人物素材。作为创作者，毛姆没有福楼拜的惨淡经营形象，而是保持有幽默感的绅士风度，加之以其敏锐的洞察力叙述自如。由于对遣词用句的要求不及福楼拜，毛姆的文字确实不如福楼拜精致美观，但略带调侃的语言风格因此成为毛姆的特点。毛姆的读者多评价他为文学医生，以笔为刀，站在制高点观察人物并一一剖析。就创作态度而言，我更欣赏毛姆克制的惬意。毛姆的大多数作品本与福楼拜少有共同点，而在《剧》一书中，毛姆笔锋似乎不如往常锐利，男性作家形象也有所弱化。与《刀锋》等著名作品不同，创作《剧》时，毛姆显得更加细腻，对朱莉娅的心理描写在全书叙述中占比颇高，因此与《包》一书形成上述相似之处。

在处理读者与作品的关系上，毛姆与福楼拜皆有引导意味。福楼拜在《包》一书中，巧妙地利用场景描写以及对事物的刻画，使读者进入剧情，处于车夫等市民视角猜测书中人物的下一步行动。毛姆则对读者拥有更高的期许。在自己与作品保持冷静距离的同时，毛姆也通过书中的评价性语言引导读者从远距离、高角度看待剧情发展与人物行为。

另一个堂吉诃德
——《机械心》影评

　　无处不在的法式浪漫，类似《僵尸新娘》的唯美画风，不落俗套的情节，极富诗意的音乐，及改得有淡淡忧伤的《Happy Birthday》和《致爱丽丝》，直击心房。

　　宫崎骏的故事里充满爱和希望。同为动漫电影，《机械心》在爱中交织着绝望，在绝望中又产生美感。

　　整部电影着实充满悲剧色彩。主人公杰克一出生，心就因天寒地冻而坏死了。被塑造得充满温情的女巫玛德琳，为杰克更换了机械心，也实现了自己当母亲的梦想。从此杰克的时光开始流淌。但拥有机械心的他，必须遵守三个原则：

　　一、不能触碰心脏原件；

　　二、控制好情绪；

　　三、永远不能坠入爱河。

　　为了不失去杰克，玛德琳不允许杰克到镇上。而在杰克十岁生日那天，他终于如愿，却与一个小女孩阿卡西亚一见钟情。为了寻找离开的她，杰克上学了。但杰克在学校饱受情敌乔的欺凌，愤而反击却触犯法律。杰克远走天涯，遇到了摄影师梅里埃。在他的帮助下，跨越半个欧洲找到了阿卡西亚。

　　摄影师梅里埃拍了一部电影，让阿卡西亚想起杰克。就在杰克与阿卡西亚决定私奔时，乔又出现，暗中作梗，美梦破碎。杰克带着伤痛回到家乡，却被告知玛德琳为了他进了监狱。女巫不是第一次入狱，这次却再也没有出来。她因杰克，心碎而死。

　　最后，杰克拥有了爱情，失去了生命。笼罩一生的阴霾下，他选择在仅存的光亮中离开。时间在一个吻中定格，杰克登上雪花和星星的阶梯，消失在天际。

这部电影没有法国人泛滥的矫情，故事程度刚好不过腻。虽然是悲剧，但配曲的摇滚风意外很搭。

电影多次向大师乔治·梅里埃致敬。海底版的《罗密欧与朱丽叶》；几乎从《大鱼》中搬来的马戏团；极似《僵尸新娘》的 ghost train（幽灵列车）；还有贯穿始终的"异常者的孤独"，似乎都在提醒观众：我们站在巨人的肩膀上。

再看主人公。为了寻找所爱，杰克仿佛一往无前的堂吉诃德，在追逐爱与梦想的过程中伤痕累累。这个捂着破破烂烂的心脏穿越欧洲的小男孩和专注制造幻梦的电影老祖梅里埃，他们共同的身份大概都是那个踹一脚驽马就挥舞长矛朝风车而去，最后被镜子打败，在病榻终老的骑士。

"寻找真爱很难，寻找梦想也很难。虽难，也要上路。这世上总是有人，愿做逐梦者。"

来自北欧的一碗鸡汤

——《一个叫欧维的男人决定去死》书评

千万不要被这本书的名字所迷惑。

刚开头读还觉得轻浮而聒噪，越读越有味道。不知道北欧小国的文学是不是都这样，淡淡的冷清下全是深深的温柔与善意。

"献给生活及人与人的相遇。"

你会发现，书中的每个人都在影响、改变着欧维。

非常感谢索雅，她如此乐观宽容，并且自始至终坚定地爱这个世界，也自始至终透过欧维的顽固死板看到了他身上最令她引以为豪的东西——对正义、道德、勤劳以及一个对错分明的世界的深信不疑。

这是一个非常可爱的故事。

以上为我在送给密友的《一个叫欧维的男人决定去死》（以下简称《欧维》）扉页上写的几句话。七月初读此书，觉得温暖感动。不知是不是天冷的缘故，冬天再次翻阅，只觉得它是精心烹制的浓鸡汤了。当然，"鸡汤"并非贬义，确实觉得《欧维》是一碗效果极好的鸡汤。看到豆瓣里的一条短评，认为《欧维》媚俗，认为故事与张嘉佳无甚区别。张嘉佳，大家都知道，鸡汤大厨。虽说《欧维》也属于暖心故事，但就算抛开截然不同的语言风格，我认为《欧维》的故事还是比张作家的故事略高级些。作者弗雷德里克并没有在字里行间显露出"我这故事好暖"的急切感，也没有迫不及待表示主角多么不幸又幸运，多么"被世界爱着"，而是慢悠悠，懒洋洋，淡淡地讲故事。因为这个故事的读者自然而然会露出欣慰的笑。

《欧维》在众多网站上被称为《一个人的朝圣》（以下简称《朝圣》）的瑞典兄弟。于是我同时买下这两本书。不得不说豆瓣上整整一分的差距，实在是有理。

原著不曾读过，就翻译而言，《欧维》的译者胜了不止一筹。这位宁蒙先生，不仅展示了瑞典作家的冷语调，还很好地避免了译文生硬不流畅的状况。《朝圣》就相形见绌了，无礼一点，可以说像是翻译器翻译的了。再者，同样是不开门见山，《欧维》的作者直到第四章结尾才告诉我们，欧维的妻子索雅早在六个月前就去世了。而前四章欧维的念叨、嘀咕、所有抱怨和小吐槽，还有"妻子依旧没有回答"，都不是为了塑造冷漠的索雅形象，而是这个大男人整整六个月对逝去妻子的紧紧不放。容许我说：真感人。而《朝圣》，前半部分节奏过慢，简直磨掉了阅读的耐心。引用豆瓣上用户的看法："过于沉闷，导致阅读感欠佳。"再看故事。《朝圣》，一位名为哈罗德的中年男子在收到旧友的信后，不做任何告别和准备，用时87天，带着妻子源源不断的极度担心，徒步627英里。借另一位用户的评论："最看不来这种，一个傻劲做事，最后一堆傻逼跟着朝拜，那傻劲就跟武侠片里那种小子跪在师傅门前，不教武功不收徒，永远不站起来的那种傻逼，最大的感动都是他自己感动自己的。"纵然太过偏激，并非无理无据。我也确实不解主人公的做法，也不解此书的大火和大众的追捧。也许我是先入为主，带着偏见阅读吧。《欧维》呢，不可否认，故事太美好，不够真实，鸡汤属性显著。但我之所以更爱它，首先，主角的目的是很清楚的，可被我等肤浅理解的；其次，作者文笔不赖；再者，角色不多，人人鲜明可爱。

主角欧维，一个脾气古怪、坚决恪守原则的老头，整天在社区里巡视，搬动没停进格线的脚踏车，检查垃圾是否按规定分类，抱怨谁家的草坪还不修剪，保证一切按照他的规矩来。他被邻居们背地里称为"地狱来的恶邻"。像几十年来只坚持萨博一样，对源源不断涌来的新鲜事物、新鲜人类（比如善良的同性恋小胖子），欧维视若荒谬，无法接受。这种心境在妻子索雅去世之后愈发无助。一切都在告诉他，他老了，时代不属于他了。于是欧维精心准备自杀。他那么爱他创造的财富，以至于在地毯上覆上塑料膜，免得发现他尸体的人弄脏他的小屋。

欧维的性格形成，与他的父亲有着密切关系。在欧维眼里，父亲和父亲的萨博是真理。父亲的正直、勤劳、诚实还有萨博，他必须一生追寻。故事发生前的大半辈子，欧维始终只简单追求"头上一片屋顶，安静的街道，值得忠心耿耿的汽车品牌和女人。一份可以有所作为的工作，一套房子，里面的东西定期有个故障，好让他去修修补补"。欧维正因为对父亲的敬重，对过去的怀念，对是非的坚信不疑，而看不惯"年轻人的轻浮、不知羞耻"。他是如此热爱这个世界，但却没有学会与这个真实的、对错皆存的世界交往。

书中最重要的两位女性角色之一，欧维的太太，索雅。人们总说欧维和欧维的太太是黑夜和白天。欧维再清楚不过，当然他是黑夜。他无所谓。但欧维的太太总觉得这话很逗，于是她总是笑容满面地指出，大家觉得欧维是黑夜是因为他太善良，不忍心把太阳点燃。这是一位美好的女性，只有她看到了欧维乖戾外表下的本质。说实在的，若是家里有一位欧维一样的人，我想我无法忍受。但索雅就是这么明朗温柔有力。她说："你在心里舞蹈，欧维，在没人看着的时候。我会永远因此爱你，不管你愿不愿意。"她太了解欧维，甚至看到了欧维生怕被人窥见，却又被读者洞察的：并没有他自己认为的那么讨厌感性；他偷偷热爱世界，偷偷美好。当欧维为新事物烦恼，为渐渐无用而沮丧，索雅用看似随意自然的方式，为欧维寻找存在感和欧维念念不忘的意义。也正是这样的女子，让这样的欧维，花几个小时坐反方向的火车，只求说上一句话。作者写索雅："她有一头棕色的头发，蓝色的眼睛，红色的鞋，和一枚黄色的大发卡。"作者说欧维遇到索雅："人们总说欧维眼里的世界非黑即白，而她是色彩，他的全部色彩。"

多次碰巧，莽莽撞撞打断欧维自杀计划的第二位女性，是"矮个儿黑发伊朗女人"帕尔瓦娜。行事风火、大嗓门的帕尔瓦娜自然不讨欧维喜欢。一个伊朗女人，两个不寻常的小姑娘，加上无厘头的丈夫，帕尔瓦娜一家的到来，"砰"的一声，对欧维大于等于无穷无尽的麻烦。他们简直是欧维天堂路上的绊脚石。最初只因为"索雅应该希望我这么做""索雅要是看到我这么对待一个孕妇一定会高兴"的欧维，在帕尔瓦娜一家每天吵吵闹闹的打扰里，渐渐放弃了自杀，融入了大家庭。他甚至为了帮半夜跑来敲门的帕尔瓦娜修暖气，觉得"死也没那么重要了"。欧维不是不想死，而是把责任看得比死更重。帕尔瓦娜的性格与索雅迥然不同，却同样充满善意与爱意。遇见帕尔瓦娜之后，欧维变得越来越爱多管闲事，开始偷偷为他人准备礼物。甚至还联合几个让他头疼的人，把跟自己"有过节"的鲁尼留在了家中妻子身边。大别扭的性格让欧维被道谢时慌忙否认，但帕尔瓦娜还是让我们看到了更加可爱的欧维老头儿。看到一条评论说，若是索雅和欧维有女儿，大概就是帕尔瓦娜这样的。之前说欧维非黑即白，可是现在，帕尔瓦娜7岁女儿的画里，欧维是彩色的。她叫他外公。欧维教帕尔瓦娜开车，爱吃他们的藏红花米饭，他们为了老邻居一起和政府抗争，帮咖啡店的男孩儿修车、追姑娘。帕尔瓦娜一家的爱让他每天气哼哼地又活过了好几个年头。

最特别的一个角色是那只掉了毛的猫。对猫的刻画是《欧维》的一大亮点。这只流浪猫与欧维势不两立，彼此"不屑"着。可是不难发现，这猫和人简直一模一样，无论是小心隐藏的善良可爱，还是好面子、大别扭。猫虽然因为欧维没被收养在家，还是一直被索雅精心照料。索雅去世后，猫和人都行尸走肉般过了半年。直到帕尔瓦娜一家在雪地里发现冻僵的猫，强迫欧维收养，猫和人才正式相处在一起。猫，又是一个让欧维暴露内心柔软的好纽扣。欧维对猫的笨拙照顾、急切关心，以及一定要留下的一句"总不能让它死了吧"，实在叫人温暖不已。

内心这么可爱的人，这个世界怎么会舍得让他走。所以索雅走后，才来了这么多让欧维"厌烦"的邻居，他们用自己的方式陪伴他温暖他，让他觉得索雅还与他同在。

中国诗：植物本在身边，意象委实拙劣

刚刚，我拎着水壶去打水，被人流拥着往前走，为什么这么着急？我朝他们向左边望去。恰好我碰见风，一朵紫色的、据说是木兰草的五瓣小花转悠悠地落下来。怎么转悠悠呢？像没转好的竹蜻蜓。

要写诗，写什么诗？写这朵花吗？除了小小的欣喜与愉悦，又有什么深义容我呻吟？

中国诗，从来把植物放在主角的位置上。看最早的《诗三百》，后来被奉为"经"。160篇"国风"，妙不可言的植物数不胜数。甚至它们的名字也绝美，现在有种取名字"女《诗经》，男《楚辞》"的说法。《诗经》的"国风"记载民间喜乐。农业大国，伟大的植物在古代人民的生活中处处可见。他们唱植物、写植物做什么呢？哪里是为了写植物而写植物，植物自在生活中呀。

到后来的《古诗十九首》、汉乐府，也可以发现诗中植物的影子。

都说从《诗经》到屈原的《楚辞》，最伟大的进步是从集体歌唱到个人歌唱，也就是坦言我所想。不论前者还是后者，对事物的记载与看法都真实，令人喜欢。

然而在植物身上呢？

我不清楚"意象"这个词从何而来，从何时开始，但越往后发展，中国诗歌中的植物都有了自己的"品质"和"所指"了。"君子淡如菊。"你看，菊花，还有其他三个，梅、兰、竹，它们都是花中君子。凭什么呢？不畏严寒，在最冷时节绽放？这确实

可以看出它们生命力强，耐逆性好，但至于淡泊、无畏、无私，这是植物所求所有的吗？不过是人们把对自己的期望与肯定的自我素养委婉地借植物表达出来罢了。

所见即所想。哪有两个独立的人会有完全相同的思想。既然并非如此，那又为何大部分人对植物所见相同，搞出"意象"这么个词？

不同的人，在不同的文化背景下，不同场合与时间、不同年龄、不同心情，感知到的同样事物很可能是不同的。看到一轮圆又黄的月亮，我就是想不起家乡呀，为什么不能让我单纯地想起还没写的地理题呢？

小学的时候有《语文知识大全》一本书，老师让我们背诵里头"意象"部分的全部内容。意象的诞生可能由于大多数人会产生的相似感受，因为一些特定的事物也许真的容易让人们想到什么特定的事情。但硬性规定，未免有点膈应人了吧！这导致我往后故意往反方向想，凭什么你在我脑子里装个指向器呢？

睹物思人，托物言志本身没有一点错。我们读到"天涯共此时""千里共婵娟"，也会放下缠身事，望月轻叹。但执着于"意象"，岂不是睹物思他人之人托物言他人之志？

另，对于胡适的《文学改良刍议》，有五条赞同：一曰，须言之有物。二曰，不摹仿古人……四曰，不作无病之呻吟。五曰，务去滥调套语……八曰，不避俗字俗语。

读朱光潜先生二文有感

今日十分明朗，清晨风凉，午后温热。晨云和晚霞皆不守常。傍晚我倒行在校道，赞叹天上的鳞云。听见不相识的几个女生也因之兴奋。当下我满是愉悦。

这种因可爱事物而生的愉悦，即是美的感受。《谈美书简》，朱光潜先生为此书取名，书名很美，切题。先生认为美来自男婚女嫁、猎获野兽及生产劳动之类的日常生活中极平凡卑微的事物，反复强调在生活中捕捉美的根源。论及美与生活实践的渊源时，先生举原始民族艺术活动之例。

现今生产力高度发展，人类的眼光似乎不只局限在当前，在怀古同时，眺望未来。美的来源与感受，也应不再只来源于生活之细枝末节的实践中。当代人有更多的思考，美，同样也来自对未来的追求和对事物的探索。

朱光潜先生在书中细谈了多种艺术形式，其中《文学作为语言艺术的独特地位》一文谈及文学与语言的关系与其特殊性。引用鲁迅先生一封信中几句话，强调写作应留心生活："宁可将可作小说的材料缩成速写，决不将速写材料拉成小说。"一方面给出文学创作上建设性的意见（材料议论精辟），另一方面又从理性角度上反映美的特质。

生产力剩余时，文字不再单纯用于记录今天的雨水、本周的捕鱼量，而被人们用于书写思想。文学创作在这一点上是前文的体现。

先生在书中论文学，引爱克曼的《歌德谈话录》中几段，认为若长时间为大部头作品构思，会失去生活本身的乐趣。反之，作者若每日抓住生活本身，便也可有佳作。此观点很大程度上是对美源自生活、离不开生活的肯定。以史为鉴或脚踏实地重要，但正如科技推动生产力发展，文学亦是思想进步的良好载体。正因美是自然而然的内心感受，所以对美的追求无所拘束。由此，在文学上也不必墨守成规。不仰望星空，何以企及银河？

朱光潜先生将另一关于文学的论作收入书中，即《典型环境中的典型人物》。先生罗列此理论产生与发展的历程，进而指出"典型人物"与"典型环境"的概念的要求。此中，先生认为典型人物应生活在典型环境中，并以个性表现环境之共性，典型环境也应环绕人物并促使其产生个性行动。

人的性格、行为、外貌等特点，与外在环境的塑造密切相关；通过描写人物的个性，亦可反向反映环境。正是人物与背景必须结合的原因。歌德也提出"在特殊中找一般"这一说法。成功塑造的人物着实离不开环境，无论是时代、地域或宗教、文化习俗，都对人物有影响。若在文学创作中忽视环境这一作用，费力刻画人物也始终是个存于纸上的个体。脱离背景的人物，切换至另一背景中格格不入，甚至不可理喻，都可能发生。美可理解为内心对所接触到的事物的映射。由上述角度论述美，即环境不同，会使个体形成不同的"美"的感受。因而个体在行为、思想、性格上也将有特殊性的映射。

故文学创作应遵循美的准则，人物不可凭空捏造，需与环境相辅相成。

特意细读朱光潜先生此两文，再看电影《饮食男女》时联想至此，不禁感叹先生造诣之深。复读二文，以作营养。

偶然是个借口

"好巧呀！"这句惊叹常常出现在生活中，"偶然"因其不确定性，成为一个美丽而危险的存在。人们欢欣地迎接偶然之喜，宽容地对待偶然之灾。于是，守株待兔与亡羊补牢的事件绵延千古。古人早已用"天行有常"告诫我们，偶然不过是必然的一个借口。

道家的"万物相生"与佛家的"因果轮回"无不解释这一道理。万事万物并非独立产生并存在，而是有来源、有依据的。因此，许多"偶然"事件往往是必然事件的表象，仅仅因为人们不愿深究原因、急于得到结论的心理，被冠上"偶然"的假名。实际上，一次事件的发生，可以从其时代背景、相关事物与人物中发现端倪。历史上的类似事件也可能成为其深层原因。如果我们像侦探一样敏锐，甚至可以从细微之处发现必然性的蛛丝马迹。

显然，事物皆有规律这一道理人尽皆知。人们自古擅长寻找并总结规律。于是，我们了解蝴蝶效应，并能针对年度黑天鹅事件头头是道。

然而，把偶然当作借口的现象也随历史而延续。常见如考后学霸的"运气好"与偷懒者的"我又粗心了"，我们可以发现，把必然伪装成偶然是出于人们的某种需求——小至自我安慰，大至逃脱罪责。家暴是一个典型情景：施暴者在事后以偶然作为借口，急于开脱；而被施暴者往往囿于复杂因素，不可逃离，"习得性无助"地以偶然作为心理安慰。可见，把偶然与必然混淆并不无关人类痛痒，反而可能是邪恶与残忍的面具。当无数弗洛伊德哭喊"我不能呼吸"，执法者与政客还能靠"偶然"搪塞民众吗？当山火染红整片土地、生灵化为灰烬，人们还能用"偶然"敷衍自然吗？当疫情肆虐、生命消逝、全球混乱动荡，我们还能拿"偶然"欺骗真理吗？

千年前，匠人在刻版上雕下《金刚经》中"一切有为法"几个字时，也许已预见后世的冠冕堂皇。小惊喜带来美好心情，小差错尚可放过，但正视偶然的必然性，却是自古而今不变的课题。

偶然是个借口。在惊叹"太巧了"之前，我们不如往前一步、往后一步，推其因果。也许这样，看似迷幻无章的世界才会有迹可循。

想人之不想，为人之不为

"当你呱呱坠地，世界正悄然改变，不如回过头，看看与你共成长的世界曾经的样子。"这样的广告文案为上海老报纸馆吸引了大量顾客。老报纸馆将原值三四毛钱一斤的旧报赋予新的价值，一个新的消费热点就此出现。

人们批评消费者花大价钱买"废品"，或羡慕老报纸馆经营者大赚一笔，却忽视了一点：老报纸消费的背后是商家对时代的准确把握，以及敢于实践的胆识和落实计划的能力。

报纸作为传统传媒的标志，自诞生以来被赋予新闻载体的使命。然而，随着新式传媒的出现，报纸行业受到冲击。作为报纸经销商，立足于新时代，顺应人们消费需求的改变，使报纸融入了文化消费的大浪潮。这与其说是历史为报纸添加附加值，不如说是商家经营策略与新颖想法的功劳。新时代消费的特点是什么？人们的消费水平大幅提升，复古怀旧消费观兴起，对文化产品的需求扩大。商家准确定位受众，将二三十岁的上海市民作为攻略目标，从而在同行业者焦头烂额、旁观者静待其消亡之时，一举推动传统报纸焕发生机。这里有冷静观察时代、想人之不想的思维优势。

文化产品生产者常面对"有概念难实战"的困局。当老报纸复兴的概念被提出后，如何立足市场、如何与其他怀旧产品竞争、如何吸引消费群体，便又是三大难点。上海老报纸馆发掘《人民日报》等权威报纸的内容全球性、时代性等特质，并加之以精美广告文案宣传，最终形成完整成熟的老报纸新产业系统。

　　而面对嘲笑与否认，上海老报纸馆一展沉稳淡定与开拓创新结合的优秀品质，迈出实践的第一步，并力排众议，站在了怀旧文化产业的前列。这是有勇有谋、为人之不为的执行力优势。

　　新时代孕育的潜在机遇，为包括报纸行业在内的传统行业提供新出路，也为所有观望者展现了新时代的包容性与活力。行业如此，个人亦然。洪流中的浮萍终将随洪流而去，只有扎根于时代、直面狂风暴雨、搏击于洪流中，才能把握时代抛来的橄榄枝。这不仅取决于思维与能力，更取决于在时代中有何为、怎么为。

　　想人之不想，为人之不为。

跨越批判与建设的藩篱

"缺乏批判精神"是我们长期听见的评价。然而，人们文化素质的提高、公民意识的觉醒、互联网技术的革新，以及自媒体的兴起，为批判精神的滥觞提供了肥沃的土壤。尤其在 2020 年这一百年未有之变局之际，面对疫情、西方资本主义制度危机与逆全球化等一系列事件，自民间至官方，批判不止。今日，我们不再"批判得不够"，而是"批判得不好"；不再"缺乏批判"，而是"缺乏批判之后的建设"。

批判以反思为基础，实质是纠错。无论民间或官方，批判的目的皆是改善甚至改变现状。在旧事物暴露危机、新食物方兴未艾时，对旧事物的批判显然有着良好的出发点。然而，我们批判的方向正确吗？批判得足够深入吗？日本欲跟随美国封禁若干中国 APP，随之日本国内竟出现"反日""叛国"的舆论。正确而深入的批判应坚持理性并触及本质，而非流于形式，也非一味抱怨与愤怒。美国种族冲突引发的打砸抢暴力抗议是一种批判，各界反战合唱和平抗议也是一种批判。后者冷静友好，看似胜于前者，但若浮于表面，不触及制度与意识层面的本质，则同样无法发挥批判的真正作用。

真正的批判必然与建设相互融通。批判之后才有建设，建设之后批判的需求才能满足。旧世界已然破坏，若新世界仍未建成，则人们依然无处可去，将在混乱中重蹈覆辙。我们听见马丁·路德·金之梦仍未实现的悲叹，亦听见黑人大叔训斥黑人青年参与暴力、命其"找到新方法"的怒吼。究其原因，是批判之后建设不足。

为何抗议示威运动频繁的美国，警察武力滥用、种族歧视事件依旧层出不穷？因批判之失，抗议面向执行制度之警察而非制度本身；因建设之过，警察奖惩制度不完善、执法统计选择性失明。为何屡升关税、发动"抵制中国制造"运动的印度，对华贸易逆差仍持续扩大？因批判有误，停于表象，一味提高关税限制进口；因建设不力，工业基建不完善，使民族工业背负高压，丧失对华比较优势。由此，我们可以发现，砸烂旧世界的批判者亟须一次身份转变，唯有理性果敢的建设者能革故鼎新，缔造新世界。

当越来越多人敢于批判、能够批判时，我们可以为此欣慰，但万万不可止步于此。我们应汲取前辈批判精神之营养，加之以青年人的敢作敢为。张玉环案一石激起千层浪，一时批判执法、司法人员的舆论漫天纷飞。而浪潮过后，针对刑讯逼供的制度建设与改良才能从根本上杜绝冤假错案，防止悲剧在下一个家庭发生，使宋小女们天天拥抱所爱，而不必凄守 26 年。

如果说，批判精神的树立是前辈迈出的一步，那么，批判与建设之间的藩篱应由我们跨越。世界将不再由砸烂到重建，而将由我们修正与更新。

萤火不是虫

幽绿萤火是多数人对萤火虫的印象，它黑色的小躯壳却鲜为人知。遮蔽本质的光环常带来"萤火即是虫"的错误认知，但笃信不已的人们并不自知。

儿时，对萤火虫的认知受到水平的限制，可称为"未了解"。而多数情况下，受光环蒙蔽源于事物自身的目的性与我们认识行为的选择性，即"难以了解"与"不去了解"。广告造假是前者的常见实例。广告投放者出于特定目的，可能将产品优势放大形成"光环"，从而遮掩劣势。后者则表现为我们认识新事物时的主观倾向，即"倾向于"。不妨想象丛林漫步时听见虎啸，乐观者倾向于相信美好表面而忽略潜在危机，认定其为风声尔尔，继续大步前行；悲观者则可能倾向于接受困苦表象而放弃希望，早早逃出丛林，终止美景欣赏。这类主观选择受心态操纵，同时，社会关系、人生阅历以及他人的判断都可能成为我们受光环蒙蔽的诱因。

虽然"萤火即是虫"的判断是人们关于童年的美好回忆，无伤大雅，但是，表面光环对本质的蒙蔽，对我们来说，并非总是无关痛痒。一时蒙蔽，甚至可能让我们处于美好之中，但当光环消退，或我们为此付出代价时，恐怕要大叫受骗。所谓热门专业是被光环蒙蔽的典型例子。高考学子面对第一次重大抉择，亲友师长口中、网络媒体口中的热门专业往往环绕光环。就业率、平均收入甚至男女比例，都是热门专业的光源。当光环遮蔽其难易度与个人的匹配程度等本质时，人生走向也许就此跑偏。于是，"985废物引进计划"成为热词，高校学子退学重修的案例也不在少数。

　　数据造假亦是如此，"用事实说话"使数据成为学科研究、工作成绩、政策效用等方方面面的有力支撑。数字型、图表型等五花八门的数据常呈现出一派辉煌景象。然而，数据光环下是否有真实样本则另当别论。社会生活中，光环也常为民主选举所利用。演说与承诺所营造的光环是否真正能够纳民意、集民智、合民情？

　　"只缘身在此山中"被我们挂在嘴边，自我告诫。但实践过程中，判断能力、主观意愿以及光环之高超骗术等阻碍却成了难以跨越的大山。为了不再盲目拍板"萤火是虫"，除了努力提高自我修养，也许一本百科全书可以告诉你萤火虫的真相；亲自捕捉一探究竟也不失为好方法。以"萤火不是虫"揭去"萤火即是虫"的光环兴许带来阵痛，也许道阻且长，但萤火必有渐弱之时，我们总有恍然大悟之日。

天下之人负天下之任

"以天下为己任"是自古而今的崇高抱负，熊培云反向提出"以己任为天下"，看似不过颠倒了先后关系，实则与"无法决定太阳便决定自己"相同，重在着眼点上。此二句有共同核心，即以自身个体为着眼点，以天下为最终目标。

依照熊培云本意，假若我们将"天下"定义为"社会"，不妨从社会的形成分析起。卢梭在《论人类不平等的起源和基础》中提出人类自然状态与社会状态的不同概念。在自然状态向社会状态过渡的初期，群体中的个体以私利为出发点，让渡部分权利，以不成文的契约为手段形成人类社会。社会的作用是保障个体利益，而个体则在社会中各司其职，互不侵犯，从而构成友好互利、体系完备的社会形态。由此可见，个体是社会的基础，己任的达成是天下发展的前提。只有以个体己任为出发点，发挥个体积极作用，才更能创造个人价值，使群体利益最大化，达到"为天下"的目的。

当我们把"天下"放置在中国的语境中，把"己任"具体看作中国人的个人抱负，则必须考虑中国社会的特性。中国文化源自中华民族的农耕文化，中国的社会因此有着独特的乡土属性。在乡土社会中，群体的力量更加突出，个体与个体的联系更加密切。将社会的特性抽象化，依照费孝通的定义，可根据社会性质区分出两种社会。一种，并没有具体目的，只因一起生存而发生，是有机的团结，亦称礼俗社会；一种，为了完成特定任务而结成，是机械的集合，亦称法理社会。中国的社会显然更具前者的色彩，以艺术的眼光看来，就像一幅描绘"一家办喜事全村帮忙"的风俗画。在这样的礼俗社会中，个体的地位更加平等，个体的作用更显著。若将如此之"天下"作为己任，梦想带领天下人大步前行，似乎无从下手；而如此"天下"中人人追求己任，并将己任与天下利益挂钩，则可行得多。即使把主体从普通群众转移至中国古代儒士身上，也有儒学"修身，齐家，治国，平天下"，把修身置于平天下之前的观点，何况其间仍间隔齐家治国两个环节。看来，一步一个脚印，以微观作用于宏观方为正道。

若我们抛去熊培云提及的"社会"概念，纯粹从"以天下为己任"与"以己任为天下"入手分析，能更好地突出究竟哪种理念更胜一筹。"以天下为己任"的潜在含义包括这么一条："我为了报效天下服务人民而牺牲小我的小心愿。"在实现抱负的过程中，牺牲的也许会是个人娱乐、恋人相守、家庭团聚等心愿，比如耳熟能详的三过家门而不入的大禹。一个人能够牺牲小我，表明其责任感十足，然而实际上，他的权力感也将在无形中扩大。不难推测出，打着"天下"旗号大刀阔斧追求作为的人，在一路功绩背后曾牺牲过无数无辜个体的利益。这是因为，当视野覆盖范围无限扩大至全天下，局部的小旱小涝便无关痛痒，个体利益在天下面前显得微不足道。在这样的错误思路下，以大舍小的抉择倒被认为情有可原了。如果我们从历史滚滚长河中寻找实例呢？好大喜功的君主、急功近利的官员，无不令人后怕。所幸现今如此"挥大旗舍小利"的弊病已被广泛认知，不乏反映批判态度的艺术作品。譬如，漫威电影中的灭霸便是直观又典型的挥大旗的负面角色。

相反，"以己任为天下"则有效避免了行为者因远大抱负而头脑一热的过激举措。它指导我们脚踏实地，不妄想干涉太阳的东升西落，而是发挥个体作用，将个人价值体现到极致。后半句

"为天下"又以信念的力量防止了极端个人主义出现的可能。天下之人各有梦想，皆负己任，同时齐心向天下，远比树立崇高理想更加踏实可靠。

初心不改，视野缩小，主体缩小，切入点缩小，最终被放大的是宏观发展内微观的作用。将天下之任由天下之人共同担当，各尽所能，也许是天下人能真正安居乐业的社会蓝图。